dtv

Bei Streifzügen über Flohmärkte und durch Trödelläden erstand Wilhelm Genazino Fotos und Postkarten, die aus den unterschiedlichsten Gründen sein Interesse geweckt hatten. Sie regten ihn zu eigenen Reflexionen an, und so entstanden scharfsinnige, bisweilen verblüffende Legenden zu nur scheinbar wertlosen Aufnahmen. Wilhelm Genazino erweist sich als ein Retter von Dingen, die in der Regel unbeachtet bleiben, als ein Interpret der Wirklichkeit, der den Blick des Betrachters auf vermeintlich Wertloses oder Banales lenkt, dem er mit feiner Ironie Tiefe verleiht. In seinen Begleittexten verbindet sich poetische Eleganz mit kühner Reflexion – das Strandgut der Zeit wird zur Kunst.

Wilhelm Genazino, 1943 in Mannheim geboren, arbeitete zunächst als Journalist, später als Redakteur und Hörspielautor. Als Romanautor wurde er 1977 mit seiner ›Abschaffel‹-Trilogie bekannt. Für sein umfangreiches Werk wurde er mit zahlreichen Preisen geehrt, unter anderem erhielt er 1998 den Großen Literaturpreis der Bayerischen Akademie der Schönen Künste und 2004 den Georg-Büchner-Preis. 2007 wurde er mit dem Kleist-Preis ausgezeichnet, 2011 in die Akademie der Künste gewählt. Seine Taschenbücher sind bei dtv lieferbar. Wilhelm Genazino lebt in Frankfurt am Main.

Wilhelm Genazino

Aus der Ferne
Auf der Kippe

Bilder und Texte

Deutscher Taschenbuch Verlag

Die Erstausgaben erschienen im Rowohlt Verlag, Reinbek bei Hamburg:
›Aus der Ferne‹ 1993 und ›Auf der Kippe‹ 2000.

Ausführliche Informationen über
unsere Autoren und Bücher
finden Sie auf unserer Website
www.dtv.de

MIX
Papier aus verantwortungsvollen Quellen
FSC® C013736

2012 Deutscher Taschenbuch Verlag GmbH & Co. KG,
München
Lizenzausgabe mit Genehmigung des Carl Hanser Verlag

Umschlagkonzept: Balk & Brumshagen
Umschlagfotos aus dem Privatbesitz des Autors
Satz: Bernd Schumacher, Friedberg
Druck und Bindung: Kösel, Krugzell
Gedruckt auf säurefreiem, chlorfrei gebleichtem Papier
Printed in Germany · ISBN 978-3-423-14126-0

Aus der Ferne

Texte und Postkarten

Es war Nachmittag, und es begann zu schneien. Ich stand hinter dem Fenster und sah hinaus. Innerhalb kurzer Zeit brachte der Schnee zahllose neue Anblicke hervor. Das Zifferblatt einer großen Uhr wehte halb zu. Das Fahrrad an der Hauswand gegenüber hatte nach drei Minuten einen weißen Sattel. Eine leere Flasche, die seit Tagen im Straßengraben lag, verschwand ganz. Und ich spürte, daß mich der Schnee lockte. Wenig später verließ ich die Wohnung und stapfte auf der Straße umher. Die Autos fuhren ruhig wie endlich gezähmt dahin. Verlangsamt, fast wie kämpfend, ruckelte die Straßenbahn gegen den Flockenflug. Ein Kleinkind wimmerte leise; vielleicht fürchtete es, zugeschneit zu werden. Und tatsächlich, als die Mutter das Kind auf den Arm nahm, hörte es auf zu weinen. Andere, größere Kinder streckten die Zungen heraus. Die Kinder waren erpicht darauf, daß ihnen große Flocken direkt in den Mund flogen. Und wenn es passierte, schlossen sie rasch die Augen und entzückten sich an der überraschenden Kälte in ihrem Mund. Ich entdeckte im Schaufenster eines Briefmarkenhändlers ein paar Postkarten. Unter ihnen eine, auf der genau das abgebildet war, was ringsum geschah: Eine Straßenbahn und ein Auto fuhren durch den Schnee. Da wußte ich plötzlich, warum die weiße Verhüllung Heiterkeit auslöst: Dichter Schneefall ist die einzige Veränderung der Welt, die innerhalb weniger Minuten möglich ist. Ich betrat den Laden und kaufte die Postkarte. Denn leider ist Schnee nicht nur die leichteste und schnellste, sondern auch die hinfälligste Weltveränderung. Und wirklich, nach wenigen Minuten hörte es auf zu schneien. Der wie für die Ewigkeit hingelegte Schnee verwässerte, löste sich auf oder verwandelte sich in Matsch. Der Übermut der Kinder erlosch, die Dinge nahmen ihr gewöhnliches Aussehen an. Nur auf der Postkarte, die ich bei mir trug, schneite es noch immer.

8 Dieser Postkarte liegt ein Foto des Japaners Sadayoshi Shiotani zugrunde. Er nannte das Bild schlicht »Meer«. Als ich auf der Rückseite las, daß das Foto schon 1935 entstanden ist, habe ich denken müssen: So still und zart war das Meer damals noch! Seiner Bild-Ruhe wegen schaue ich die Postkarte immer wieder an. Mit einer unerhörten Allmählichkeit, die der Wiederkehr niedriger, kraftlos scheinender Wellen ähnelt, bildet sich seither in mir der Wunsch aus, einmal nach Japan zu reisen und an den dortigen Stränden entlang zu gehen. Vielleicht kommt das Meer dort ja wirklich sanfter an als bei uns. Dabei habe ich lange nicht gewußt, warum mir gerade *diese* Meerespostkarte so gut gefällt. Die ausbleibende Begründung für etwas, was uns gefällt, ist vielleicht das merkwürdigste Nichtwissen, das es gibt. Wir haben in unserem Inneren eine offenkundig unklare (oder ungeklärte) Instanz, die Gefallen an etwas finden kann, ohne diesen Gefallen erklären, und das heißt: versprachlichen zu können. Das kann nur heißen: Unsere ästhetische Lust ist unserer Rationalität immer weit voraus. Mein Ausweg war: Ich stellte das Bild bei mir zu Hause auf, und zwar so, daß ich es im Vorübergehen immer wieder anschauen konnte. Dieses Immer-und-immer-wieder-Betrachten regte allmählich eine Tätigkeit an, die (vermutlich: weil sie ebenfalls im Inneren geschah) die Erklärungslosigkeit langsam auflöste. Was wir immer wieder ansehen, beginnt eines Tages Worte und Einfälle in uns zu bilden. Wie das funktioniert, ist freilich unklar; es hat noch niemand beschreiben können, wie wir zu unseren Worten kommen. Es war die Unscheinbarkeit der Wellen, die mir immer besser gefiel. Ich erinnerte mich, daß ich schon oft, wenn ich real an einem Meeresufer stand, gewünscht habe, das Meer möge viel kleiner und die Wellen im einzelnen sollten unerheblicher sein. Das war ein Vermittlungseinfall. Jetzt mußte nur noch klar werden, daß das Schweigen des Meeres ein Symbol des Todes ist, dann durfte der Wunsch nach einer Verkleinerung der Todesangst gewünscht werden. Und genau das ist nicht möglich. Die Postkarte von Sadayoshi Shiotani erinnert an die Unverkleinerbarkeit der Todesangst und an den nicht zu beseitigenden Wunsch nach einer solchen Verkleinerung.

10 Die Trugwelten, in denen wir leben, enthüllen sich uns auf einen Schlag, wenn wir einen großstädtischen Kiosk betrachten. Wir schauen auf Dutzende, nein, inzwischen auf Hunderte von Titelblättern von Zeitschriften, auf denen fast immer lachende TV-Ansagerinnen, Schauspieler, Moderatoren, Sportler, Politiker, Mannequins, Sängerinnen abgebildet sind. Deswegen ist eine Postkarte wie diese fast eine kleine Kultursensation: Endlich eine Frau, die nicht lächelt, die nicht strahlt, die nicht unterm Fröhlichkeitsdiktum steht. Das Bild ist nicht nur deshalb angenehm, weil es eine schöne Frau zeigt; sondern auch deshalb, weil es an eine authentischere Möglichkeit erinnert. In früheren Zeiten, sagen wir: bis zum Ausbruch des Zweiten Weltkriegs, war es den Menschen leichter möglich, ihren abwartenden, und das hieß immer auch: ihren im Zweifelsfall ernsthafteren Gesichtsausdruck (als den wahreren) beizubehalten. Wer in alten Fotoalben blättert, sieht die Menschen kaum lächeln oder grinsen. Ihre Ernsthaftigkeit war ein angemessener Ausdruck für die Unklarheit dessen, was ihnen bevorstand. Heute dagegen wollen die Menschen jeden Anhauch von Schicksal schon im Ansatz niedergrinsen. Vor kurzem war ich durch Zufall in einem sogenannten Kinderbild-Studio eines Fotografen und habe miterleben müssen, wie der herrschende Schein schon nach den Kindern greift. Der Fotograf forderte die Kinder auf, daß sie, während er sie fotografierte, die Worte »Cheese« und »Spaghetti« aussprechen sollten. Die Kinder folgten der Aufforderung, und es kam dabei genau der vom Fotograf erwartete Gesichtsausdruck zustande: Die Kinder lächelten. Denn wenn wir Worte mit dem Vokal »i« aussprechen, müssen wir den Mund so bewegen, daß die Öffnung der Lippen automatisch wie ein Lachen aussieht. Der Fotograf nannte die Worte »Cheese« und »Spaghetti« übrigens seine »Fotografenwörter«. Von diesem Alb war die auf der Postkarte abgebildete Frau vollkommen frei. Es ist nicht so, daß es diesen Frauentypus heute nicht mehr gibt; nur: in den Medien kommt er nicht vor; der Zwang zum Schein hat ihn ausgeschlossen. Es handelt sich übrigens um die Journalistin und Übersetzerin Milena Jesenská, die zeitweise Kafkas Freundin war; oder sagen wir vorsichtiger: Die beiden haben eine Weile Briefe ausgetauscht.

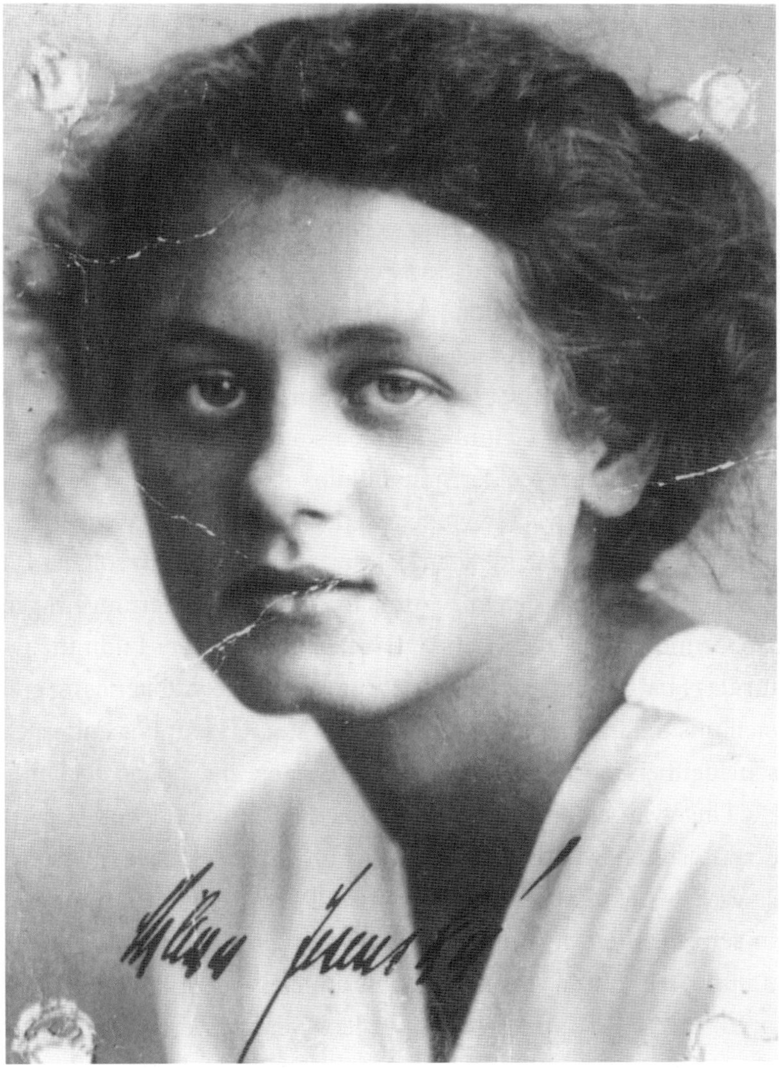

12 Es gibt Tage, an denen weiß ich plötzlich nicht mehr genau, wonach ich mich als Kind gesehnt habe. War es ein Tanz in einem großen fernen Ballsaal? Nahe am Meer? War es ein offenes Cabriolet mit einer schönen und zahmen Frau an der Seite? Oder ein kühler Kieselstein in der Hosentasche? Ein Radiergummi in der Hand? An einem solchen Tag entdeckte ich diese Postkarte. Sie belehrte mich augenblicklich. Es ist nicht schlimm, wenn sich uns die Bilder der Sehnsucht entziehen. Unter den Gefühlen des Begehrens ist die Sehnsucht die diffuseste. Es gehört zum Schicksal unserer Wünsche, daß sie nicht zu altern verstehen. Zurück bleibt die ohnmächtige Bewegung der Sehnsucht selbst, die um so törichter in unserem Leben herumkaspert, je tiefer sie ihre früheren Inbilder vergessen hat. Noch dazu mit einer inneren Gestalt, die wir nur gespenstisch nennen können. Denn jetzt ist die Sehnsucht ein Gefühl über nichts und ein Gefühl über alles geworden. Das heißt: Wir können immer weniger sinnvoll über sie sprechen. Sie fährt in uns hinein und richtet dort etwas an und verschwindet wieder. Die richtigen Worte dafür sind meistens nicht da. Wenn wir Glück haben, fällt unser Blick auf ein solches Bild. Ich habe die Postkarte gekauft und habe sie einige Monate lang mit mir herumgetragen. Plötzlich konnte ich den Grund ihrer Tiefe angeben. Die kleine Lok in der Bildmitte ist deswegen ein Symbol für das Spätstadium der Sehnsucht, weil wir nicht zuverlässig erkennen können, ob sich uns die Lok gerade nähert oder ob sie sich von uns entfernt. Genau diese Unentschiedenheit teilt die Lok mit unserer späten, nur noch vagabundierenden Sehnsucht. Die Ungewißheit darüber, ob sich uns die Sehnsucht gerade nähert oder ob sie uns verläßt, ist der Grundstein für ein viel umfassenderes Nichtwissen: Unser Verlangen hat nie gesagt, was es von uns will. Wir sind dem Verlangen immer nur gefolgt, weil wir es für seriös hielten. Irgendwann, nach einer langen Praxis des Sehnens, erreicht uns die Enthüllung, daß unser Verlangen nichts anderes war als eine Umgangsform. Eine Umgangsform für die Unbestimmtheit unseres Ichs, dem wir erlauben wollten, daß es uns zum Narren hält. Das wunderbare Foto auf dieser Postkarte stammt von Willy Ronis; er hat es 1950 in Paris aufgenommen.

Immer noch sind Blätter beliebte Spielzeuge kleiner Kinder. Besonders die großen Blätter der Kastanien und Platanen werden liebevoll von ihnen aufgelesen und straußartig nach Hause getragen. Dort nehmen sie oft ein rasches Ende, dessen Unrühmlichkeit enthüllt, daß die Blätter gar keine Spielzeuge, sondern nur Sammelobjekte waren. Sie verschwinden allesamt in einer Kiste, als hätten sie nie auf ein lebendiges Interesse geantwortet; oder sie sind schon auf dem Heimweg, ihrer plötzlich empfundenen Lästigkeit wegen, weggeworfen worden. Das Glück unserer ersten Lebensjahre besteht darin, daß Kindheit ohne Selbstbeobachtung auskommt. Erst viel später lösen unsere Verhaltensweisen Reflexionen aus. Zum Beispiel diese: Wie ist es möglich, daß wir Objekte, und seien es nur Blätter, zuerst lieben oder zu lieben scheinen und sie schon nach kurzer Zeit wegwerfen? Das Kind auf der hier abgebildeten Postkarte ist eine Ausnahme. Es hat den Blättern durch eine neuartige Verwendung eine andere, zweite Bedeutung gegeben. Es hat sich die Blätter so angelegt, daß aus ihnen eine Art Umhang geworden ist. Mit dieser Idee hat sich das Kind nicht nur davor gerettet, die Blätter schon nach kurzer Zeit als wertlos empfinden zu müssen. Es hat durch die Neuverwertung auch ein Stück Kultur hervorgebracht; und zwar genau so, wie Kultur nach Georg Simmel immer entsteht: durch Bearbeitung von etwas, was in der Natur nur als Rohmaterial existiert. Durch den Einfall des Kindes sind aus schnell welkenden Abfällen Gegenstände von Dauer und privater Bedeutung geworden. Wichtig für die Wirkung dieser Postkarte von Edouard Boubat ist, daß das Kind uns den Rücken zukehrt, daß es allein ist und ein wenig auf den Boden schaut. Durch diese Abwendung ahnen wir etwas von der Trauer, die in jeder Kultur steckt. Denn es gibt keine kulturelle Leistung, die nicht auch zugleich den melancholischen Reflex über ihre eigene Notwendigkeit mitproduziert. Deutlich tritt das *Verhältnis* von Gegenstand, Arbeit und Verwandlung in den Vordergrund. In diesem Verhältnis treffen drei biographische Momente aufeinander: Wie das Kind (erstens) die Unerläßlichkeit von Kultur entdeckt, wie es (zweitens) das Unbehagen über diese Entdeckung ausdrückt und wie es (drittens) dieses Unbehagen mit einem Kunstakt wieder sublimiert. Jetzt können wir vielleicht auch die spezifische Bedeutung des Blätterkleides verstehen: Das Kind legt Wert auf seine Verwechselbarkeit mit einem Drachen oder einem großen Vogel, jedenfalls mit einem tierischen Wesen, das die Konflikte der Kultur niemals kennenlernen muß.

Ein Werbeslogan der Bundesbahn lautet: »Jetzt nichts wie weg«. Der Spruch ist ein Eingeständnis, daß uns das vertraute Leben zuweilen *zu* vertraut und damit entweder langweilig oder unheimlich vorkommt. Tatsächlich reisen wir nur selten, um fremde Länder und nie gesehene Städte kennenzulernen, sondern wir reisen, um dem eigenen, *zu* bekannt gewordenen Leben zu entkommen. Zielpunkt ist das fremde Hotel und das dort erwartete *andere* Leben. Die Idee der Abwechslung in der Fremde bleibt freilich diffus; vielleicht ahnen wir auch, daß es ein wirklich anderes Leben nicht geben kann, können aber trotzdem nicht davon ablassen, uns ein solches zu wünschen. Die Unschärfen in der Intention machen das Reisen gerade interessant und verlockend. Ihr Ertrag besteht dann in dieser Verschiebung: Weil nichts passiert ist, halten wir unsere Erwartung schon für einen Teil des Erlebnisses. Aber manchmal ereignet sich doch etwas; wir treffen jemanden, es beginnt eine Liebe oder eine Liebschaft, wir werden Zeuge obskurer Vorgänge, wir sind endlich auch einmal für andere fremd, wie auch immer. Hinterher haben wir zu erzählen oder zu erinnern, was fast dasselbe ist; im ersten Fall erzählen wir anderen, im zweiten Fall uns selbst. Und allmählich formt sich wie von selber eine Erzählung zurecht, die uns unverlierbar erscheint, weil wir sie mit einer persönlichen Bedeutung beliehen haben. Sind wir am Ende nur verreist, um zu einer Erzählung zu kommen? Wie der Name des Hotels hieß, in dem sich dies und das zugetragen hat, wissen wir nicht mehr. Wie die Straße hieß, ist uns auch entfallen. Und Details des Zimmers? Leider auch Fehlanzeige! Unser Gedächtnis hat sich auf anderes spezialisiert. Deswegen ist diese Postkarte von Michel Brunier so sprechend. Sie zeigt das HOTEL nur noch als Kontur, als schwarzen Umriß vor einem etwas weniger dunklen Hintergrund, wir können auch sagen: als Wort in der Nacht. Das Bild zeigt das Hotel in der Form, in der unser Gedächtnis es aufbewahrt: als exterritorialen Erlaubnisraum, dessen Äußerlichkeiten unwichtig geworden sind, weil wir längst alles, was an unserer Erzählung wichtig ist, in unseren Innenraum transformiert haben. Vom HOTEL bleibt nur noch übrig, daß es uns eine Erfahrung erlaubt hat, für die die Fremde, der exterritoriale Raum, eine nötige Vorbedingung war.

HOTEL

18 Über Alter und Häßlichkeit dürfen wir nicht lachen, jedenfalls nicht öffentlich. Es sei denn, es erscheint eine besondere Instanz, zum Beispiel ein Clown, und befreit uns vorübergehend von unseren moralischen Auflagen. Es ist die haltlose Selbstverunstaltung des Clowns, die uns die Verletzung des Tabus erlaubt. Grock, den wir auf dieser Postkarte aus der Nähe sehen, bringt uns darüber hinaus auf eine Idee. Es ist, als würde der Clown durch eine extreme Maske die Assoziation an sein eigenes Menschsein tilgen wollen. Sieht Grock nicht aus wie ein angemaltes Pferd? Oder wie ein geschminkter Affe in Menschenkleidung? Und geben die schwarzen Ränder rund um die Augen dem Gesicht nicht das Triefäugige eines alten Hundes, der glücklicherweise niemals erfahren muß, daß unser Mitleid mit ihm vielleicht ausschließlich auf das Konto seiner Widerlichkeit geht? Nach landläufiger Auffassung schminken sich Menschen, um die Spuren des Alters zu verwischen oder zu mildern. Mit der Idee des angemalten Tiers gelingt es uns, diese gar zu geläufige Vorstellung momentweise zu vergessen. Vielleicht hat sie sowieso nie gestimmt. Im Bild des abstoßenden Tiers, hinter dem sich ein Mensch versteckt, verbirgt sich auch das Verlangen nach einer Schamlosigkeit, zu der wir nicht vordringen dürfen. Und die wir gerade deswegen erobern wollen, weil wir das bloß für Tiere spendierte Mitleid dringend für uns selber benötigen.

20 Ob es einen Stadtplaner gibt, der sich traut, die Zerstörung des Gehens in unseren Fußgängerzonen einzugestehen? Die Fußgängerzone ist heute – ähnlich wie, zum Beispiel, die Autobahn oder der Badestrand – konstitutiv für die Bildung jener Menschenströme, die die Massenerfahrung erst hervorbringen. Das äußere Merkmal dieser Erfahrung besteht darin, daß uns dort das Gefühl, einzelne zu sein, abhanden kommt; ihre innere Entsprechung nötigt uns, diesen Verlust mehr und mehr als Gewinn auszulegen, damit wir mit ihm einverstanden sein können. Wer sich heute in das Passantengewimmel einer Fußgängerzone einordnet, kommt sich fast (ich übertreibe, aber nicht viel) als Teil einer Kolonne vor, die von morgens bis abends unterwegs ist. Eine Kolonne hat keine Interessen, sie will nichts anschauen und nirgendwo verweilen; sie legt eine Strecke zurück, sonst nichts. Es ist zwar möglich, aus der Kolonne auszuscheren, aber dazu haben wir keine rechte Lust, weil uns die Objekte, die wir links und rechts sehen (ein Kaufhaus nach dem anderen), keine rechte Schaulust einflößen. Das freie Gehen, das sich seinen eigenen Launen und Bizarrerien überläßt, ist in der Fußgängerzone abgeschafft. Wir gehen hier nicht mehr, wir machen nur noch Erledigungen, und zwar so schnell und rationell wie möglich. Unsere Stadtplaner und Architekten helfen uns dabei, indem sie alles, was wir unterwegs sehen könnten, so gleichförmig wie nur möglich gestalten. Dabei gibt es zwei Kriterien für unbehelligtes Gehen; sie lauten: 1. Ein Gehender ist dann frei, wenn er seinen eigenen Schatten in voller Länge auf die Straße fallen sieht. 2. Ein Gehender muß beobachten können, wie sich sein eigener Schatten mit dem Schatten eines anderen überkreuzt. Wenn für beide Seh-Operationen genügend Platz vorhanden ist, können wir von der Freiheit des Gehens sprechen. Den Einfall für beide Kriterien verdanke ich dieser Postkarte von Alexander Rodtschenko; sie heißt »Fußgänger« und stammt aus dem Jahre 1928.

22 Aus dieser Postkarte machen wir ein Bilderrätsel der Intimität; ich sehe drei mögliche Auslegungen:

1. Eine Frau überrascht einen von ihr geschätzten Mann mit einer Geste, mit der der Mann (deswegen seine Verdutztheit) nicht gerechnet hat. Die beiden kennen einander nicht näher. Die Frau will eine Vertrautheit hervorbringen, die der Mann zurückweist. Deswegen versucht er, den Hut zu ziehen. Auf Nähe antwortet er mit Höflichkeit, weil er sich von ihr die Rückkehr zur Distanz erhofft. Auf die Preisgegebenheit der Frau reagiert er mit Charme.
2. In diesem Fall kennen die beiden einander sehr gut. Ihre langjährige Vertrautheit darf sich öffentlich zeigen. Deswegen ist der Mann über den Andrang der Frau auch nicht überrascht, sondern eher gerührt und vielleicht geschmeichelt. Aus der öffentlich vorgetragenen Nähe wird eine Huld, die die Frau dem Mann darbringt. Der Griff zum Hut gilt nicht der Frau, sondern einem oder mehreren Dritten, die der Szene zuschauen und vor denen der Mann die Privatheit des Paares schützen will. Die Hand am Hut verwandelt bereits eingetretene Intimität zurück in Höflichkeit, der unerbetenen Zuschauer wegen. Dazu paßt freilich nicht, daß die Frau die gemeinsame Nähe zu stark demonstriert und damit partiell verrät.
3. Deswegen gibt es noch eine dritte Version: Der Mann und die Frau *waren* bis vor kurzem ein Paar. Nun hat sich der Mann einer anderen Frau zugewandt, was die frühere Geliebte nicht hinnehmen will. Sie bringt ihn öffentlich aus der Fassung, indem sie ihn mit einer Zärtlichkeit überfällt, die ihm nicht mehr recht sein kann. Für die Geliebte hingegen ist die Aktion eine Erinnerung an ihre frühere Position, von deren Veröffentlichung sie sich eine diffuse Hilfe verspricht.

Welche Auslegung ist die plausibelste?

24 Viele Menschen tragen Paßfotos ihrer Angehörigen in Geldbeuteln und Brieftaschen mit sich herum. Hinter sogenannten Klarsichtfolien sind die Bilder nebeneinander und oft auch übereinander angeordnet. Abgebildet sind der Ehemann, die Ehefrau, die Kinder, die Eltern, manchmal auch die Hauskatze oder ein Hund. Sonderbar an diesen kleinen Alltagsrevuen ist nicht nur, daß es dieser permanenten Vergegenwärtigung nicht bedarf; denn mit den meisten der Abgebildeten haben wir ohnehin jeden Tag zu tun. Noch sonderbarer ist, daß die Bilder in der Praxis kaum angeschaut werden. Wenn die Leute ihren Geldbeutel öffnen, in der Bäckerei, in der Metzgerei oder im Kaufhaus, sind sie mit der Unmittelbarkeit des Alltags beschäftigt und haben keine Zeit, Bilder zu betrachten. Warum begleiten diese Bildchen dann doch jeden Tag das Leben der Menschen? Vermutlich ist die Klarsichtfolie nicht nur eine Klarsichtfolie, sondern ein kleiner, handlicher Schrein, in dem unsere Angehörigen ERSCHEINEN dürfen. Nur hier, im Schrein des Geldbeutels, sind sie scheinhaft und augenblicksweise vor der Vernichtung durch Alltag bewahrt. Auch die Schaukästen der Fotogeschäfte sind solche Schreine, in denen unsere Bilder – das Paradox ist hier angebracht – eine augenblicksweise Ewigkeit erlangen. Diese kleinen Porträts beglaubigen unsere lebenslange Bemühung, ein Ich zu werden, ein zusammengefaßtes, kultiviertes Subjekt, das diesen Namen verdient. Wenn wir immer nur auf der Straße herumgehen oder in Büros und Wohnzimmern sitzen müßten, könnten wir nicht in jedem Augenblick so sicher sein, daß wir wirklich Subjekte geworden sind. Für diese übergeordneten Bestätigungen brauchen wir Bilder, große und kleine, die in jedem Augenblick »einsatzfähig«, das heißt sofort anschaubar sind. Bilder organisieren die Details unseres Ichs und präsentieren sie zugleich. Aus diesem Grund sehen so viele Personen auf Fotos »persönlicher« aus als »in Wirklichkeit«. Unser Foto ist immer seriöser als wir selbst. Genau deswegen ist diese Postkarte von Walker Evans – sie entstand 1936 und hängt heute im Metropolitan Museum of Art in New York – so fürchterlich und so fürchterlich wahr: der Schaukasten rückt uns, die wir der Individuation so sehr bedürfen, zurück in das Gewimmel und bestätigt unsere Angst, daß wir uns von diesem vielleicht nie emanzipieren können. Die Postkarte von Evans zeigt, daß die Paßfotografie in Wahrheit nichts weiter ist als eine Art Registratur. Es genügt der Transfer der Bilder aus der Klarsichtfolie des Geldbeutels in den Schaukasten des Fotohändlers – und aus dem Traum der Identität ist das Trauma der Verwechselbarkeit geworden.

STUDIO

Wenn dieses Bild aufscheint, am Ende von »Modern Times«, sind die Zuschauer erleichtert, daß Charlie und die schöne junge Frau endlich zusammengefunden haben. Nach hundert Fehlschlägen leuchtet ihnen die Utopie des Glücks, der sie nun, auf einer von allen Niederlagen gereinigten Straße, entgegengehen. In unserer Begeisterung übersehen wir, daß sich in diesem Schlußbild noch eine andere, viel verstecktere Hoffnung zu Wort meldet, eine Sehnsucht, die wir vielleicht deswegen nicht bemerken, weil unser Innerstes ihr Scheitern schon lange ahnt. Erst eine Postkarte wie diese hier, die das Schlußbild einfriert und es damit für ein beliebig langes Betrachten freigibt, läßt uns mehr sehen als das Offenkundige. Das Paar – der haarsträubende Trottel, dem es gegen alle Wahrscheinlichkeit gelungen ist, eine wundervolle Frau für sich einzunehmen – erinnert uns an all die Menschen, die wir außerhalb des Kinos kennen und die sich oft verzweifelt anstrengen, richtige Paare zu sein. Vermutlich gibt es auf der ganzen Welt nicht ein einziges Paar, das wirklich zusammenpaßt, und vielleicht kann es auch keines geben. Jedem einzelnen von ihnen haftet etwas Falsches an, etwas sanft Erzwungenes oder heiter Gelähmtes, jene nicht tilgbare Spur von Überredung und Gewalt, ohne die wir unser Leben nicht aufbessern können. An dieser wunden Stelle setzt Chaplins gut verborgene Utopie an. Er zeigt uns zwei in ihren Äußerlichkeiten kraß auseinanderstrebende Menschen, die trotzdem ein Paar sind. Ein Paar freilich, das keinen Versuch unternimmt, einander passend zu machen, worin es sich von allen Paaren der »Wirklichkeit« unterscheidet. Kurz bevor wir aufatmend das Happy-End beklatschen, sehen wir die traumhafte Utopie einer Annäherung ohne Verähnlichung. Eine Utopie ist dann echt, wenn sie uns an etwas Unwirkliches wie an etwas Wirkliches glauben läßt. In dieser für das Bewußtsein kaum erträglichen Fallhöhe liegt die fast läppische Größe dieses Schlußbilds.

Wo soll ein armer Mann heute hingehen, wenn Sonntag ist und der arme Mann plötzlich bemerkt, daß sein Zimmer viel zu klein ist, um einen ganzen Tag darin zu verbringen? Vor dreißig Jahren war die Antwort auf diese Frage leichter. Der Mann zog seine Mütze auf und ging in eine Gartenwirtschaft, auf ein Volksfest, zum Hauptbahnhof oder einfach auf die Straße. Aber heute? Volksfeste, die diesen Namen verdienen, gibt es kaum noch, die Gartenwirtschaften haben sich in teure Spezialitäten-Restaurants verwandelt und der Hauptbahnhof wird von der Bundesbahn »Markt der Möglichkeiten« genannt, was nur heißen soll, daß auch der Hauptbahnhof aussieht wie ein »Einkaufsparadies«. Es gibt dort die gleichen »Bistros« wie in der Innenstadt, die gleichen »Modeshops«, »Tabak-Boutiquen« und »Parfüm-Salons«. Die Verwandlung der Welt in einen Amüsierbetrieb macht vor dem Bahnhof nicht halt. Wo also soll sich der arme Mann lassen? Die heutigen Armen werden, sofern sie sich überhaupt in der Öffentlichkeit zeigen, zu grotesken Erscheinungen, weil sie nirgendwo ein Ambiente finden, das sich duldend zu ihnen verhält. Für den Mann auf dieser Postkarte, die wir dem Schweizer Fotografen René Burri verdanken, hat es dieses Problem noch nicht gegeben. Für ihn war der Frankfurter Hauptbahnhof noch ein Ort mit Stil und Diskretion. Das ist kein Wunder, denn das der Postkarte zugrunde liegende Foto stammt aus dem Jahre 1959. Ihre innere Stimmigkeit, das makellose Verhältnis der Bildtotalität einerseits und der Einzelheiten andererseits, kurz: die Schönheit des Bildes beruht auf der vom Fotografen präzise wahrgenommenen Beziehung zwischen der Einsamkeit des Mannes und der Einsamkeit des Ortes, an dem sich der Mann aufhält. Vermutlich liegt es an diesem richtig erfaßten Passungsverhältnis, daß der Mann zwar einsam, aber nicht ohne Würde erscheint. Verlorenheit kann dann schön sein, wenn sie das Individuelle am Menschen betont. Die Würde ist möglich, weil die Umgebung Einsamkeit nicht nur herausfordert, sondern auch zuläßt.

Von allen Postkarten, die hier vorgestellt werden, ist diese die unscheinbarste. Sie stammt vermutlich aus den zwanziger oder dreißiger Jahren, sie zeigt vermutlich eine osteuropäische Stadt, und zwar vermutlich den Bahnhofsvorplatz. Denn das große Gebäude rechts ist vermutlich der Bahnhof, das große Gebäude links das Bahnhofshotel. In meiner Beschreibung kommt das Wort »vermutlich« deshalb mehrmals vor, weil die Postkarte über sich selber nichts mitteilt. Weder auf der Vorder-, noch auf der Rückseite steht ein Hinweis, woher die Karte kommt und was sie zeigt. Diese Voraussetzung ist ungewöhnlich und kurios, aber ergiebig. Denn wenn wir nicht erfahren können, was uns gezeigt wird, ersetzen wir das Defizit, indem wir über die Bilder phantasieren. Phantasieren ist nichts weiter als vermutendes Erzählen. Damit ist aus der unscheinbaren plötzlich eine produktive Postkarte geworden. Ihr Mangel macht sie interessanter als manche andere, die direkt mit Namen nennt, was sie abbildet. Wenn wir das Bild eine Weile anschauen, fallen uns Bedeutungsoppositionen auf, zum Beispiel die Opposition Stadt/Land: Das Hotel links, wenn es ein Hotel ist, ist eher ein städtisches Zeichen, während die kleineren Häuschen in der Straßenflucht rechts ins ländliche Milieu weisen. Es gibt auch die Opposition Lähmung/Bewegtheit: Der große, leere, ungepflasterte Platz im Vordergrund ist ein Symbol für Reglosigkeit; die hohe Telegrafenstange rechts ist dagegen das Zeichen für den Drang nach draußen, also für Beweglichkeit. Die interessanteste Opposition ist jedoch die zwischen Geselligkeit und Vereinzelung: Rechts sehen wir eine Gruppe von Männern stehen, die miteinander reden. In der Mitte des Platzes sehen wir dagegen einen einzelnen Mann, der die Gruppe rechts verlassen zu haben scheint. Oder geht er einfach allein seines Wegs? Wenn ja: Kommt der Mann von weither? Hat er sich früher schon von etwas oder von jemandem getrennt? Wenn ja: Von wem oder was? Von (s)einer Frau, von (s)einem Freund, von (s)einer Stadt oder (s)einer Heimat? Diese Fragen führen mitten in einen Roman hinein, und das ist kein Zufall. Der unbekannte Fotograf hat, ohne es ahnen zu können, auf dieser Postkarte die Grundkonstellation der Literatur des 20. Jahrhunderts abgebildet: Der Roman der Moderne ist der Roman des einzelnen, der sich entfernt. Bevor der Roman jetzt wirklich beginnt, ziehe ich mich schnell zurück – nicht ohne ein Gefühl des Dankes für die Leere des Bildes, die voller Mitteilung steckt.

32 Das Kind, das uns auf dieser aufgeweichten Straße entgegenspringt, entfernt sich aus einer Umgebung, die trostloser kaum sein könnte. Links sehen wir die Brandmauer eines Hauses, dem alle Freundlichkeit ausgetrieben scheint. Rechts sehen wir – ja, was eigentlich: Eine heruntergekommene Fabrik? Einen Schrottplatz? Oder teils bewohnte, teils unbewohnte Häuser, denen menschliche Zuwendung ebenfalls abhanden gekommen ist? Doch gibt es zwei Einzelheiten, die uns nicht düster, sondern zuversichtlich stimmen. Es sind der lachende Gesichtsausdruck des Kindes und der weiße Kragen seines Kleids. Diese Details wenden sich gegen die abgesunkene Welt des Hintergrunds und versetzen uns gleichzeitig in die Spannung einer Frage, die wir nicht beantworten, sondern nur formulieren können; sie lautet etwa so: Wird das Kind, wenn es erwachsen geworden ist, aufbegehren – oder wird es früh resignieren und ein Teil des Elends werden, von dem es sich im Augenblick so mutig wie ahnungslos entfernt? Es ist eine der Wirkungen dieses meisterhaften Fotos von Robert Doisneau, daß wir den Kampf um die Antwort auf diese Frage spüren, sobald wir die Einzelheiten des Bildes genauer anschauen. Dann bemerken wir, daß die linke Hälfte des Kragens nach unten und die rechte nach oben zeigt. Diese Beobachtung liefert mir den Einfall, daß die linke Hälfte des Kragens auf eine künftige Niederlage, die rechte auf einen künftigen Sieg des Kindes verweist. Im Augenblick (und noch für eine ganze Weile) steht die Auseinandersetzung auf der Kippe. Natürlich ist der Einfall mit dem Kragen zutreffend und unzutreffend zugleich. Wahrscheinlich hat er weniger mit dem Bild und mehr mit dessen zwingender Perspektive zu tun. Die Postkarte ist ein Beweis dafür, daß ein Kunst-Foto, *bevor* es »gemacht« wird, von seinem Fotografen als *Bild* erkannt worden sein muß. Nur dann hat es die Kraft, Betrachter auf eine ihm eigene Weise in sich hineinzuziehen und Ideen hervorzubringen. Oder, anders gesagt: Große Kunst liefert dem Interpreten immer auch ein paar Einfälle, die dieser trotzdem, sogar mit gutem Grund, für seine eigenen halten darf.

34 Fasziniert beobachten wir täglich den großen Krieg zwischen den Menschen und den Dingen. Und jedesmal, wenn wir fremder Leute Mißgeschick mitansehen müssen, denken wir mit entmutigender Gleichförmigkeit: Das hätte mir auch passieren können! Und sind auf falsche Weise froh, daß uns der Schlupfwinkel, in dem wir selber leben, noch einmal geschützt hat. Nur die wundervollen Beinahe-Unglücke befreien uns wenigstens vorübergehend von der rätselvollen Dialektik von Verschontheit und Bedrohung, in der wir leben müssen. Diese französische Postkarte zeigt diese Dialektik mit fast schon bilderbuchhafter Deutlichkeit: Ein Autofahrer hat mit seinem Gefährt ein Brückengeländer durchstoßen und ist dann doch nicht abgestürzt; sofort erkennen wir den Ereigniskern eines Beinahe-Unglücks: Es ist kaum etwas passiert, aber das, was passiert ist, zeigt, was hätte passieren können. Ein Beinahe-Unglück ist von jedem schon geschehenen und von jedem in Zukunft noch geschehenden Unglück gleich weit entfernt. Diese Distanzen bringen den großen Unterhaltungswert von Beinahe-Unglücken hervor. Eifrig wie Kinder betrachten und kommentieren die Zuschauer alles, was Gott sei Dank ausgeblieben ist; sie ahnen, das Geschick des Autofahrers ist nur eine groteske Variante dessen, was ihnen schon morgen selber zustoßen kann. Das Nicht-Geschehen ist so attraktiv, daß es Zuschauer bis auf die andere Seite der Brücke anzieht; es ist, als könnten sie das Glück oder das Unglück für kurze Zeit sprechen hören – und hätten es dadurch gebannt. Bald werden die Zuschauer wieder in die Normalität ihres eigenen Lebens eintreten müssen. Den Augenblick dieser Rückkehr haben sie auf versteckte Weise zu fürchten; denn dann leben sie wieder in der gewöhnlichen Verschlossenheit jeglicher Biographie, die kein Sterbenswörtchen darüber verliert, was sich über dir und mir zusammenbraut.

36 Vielleicht gibt es zu jedem wahren Satz ein ebenso wahres Gesicht. Ein wahrer Satz wäre dann die Beglaubigung eines Gesichts und ein Gesicht der Stellvertreter eines wahren Satzes in der »Wirklichkeit«. Ein Beispiel gefällig? Buster Keaton ist mir immer wie die Verkörperung eines Satzes von Sigmund Freud vorgekommen, der so lautet: »Die große Mehrzahl der Menschen arbeitet nur notgedrungen, und aus dieser natürlichen Arbeitsscheu der Menschen leiten sich die schwierigsten sozialen Probleme ab.« Der Satz wirkt, ähnlich wie das Gesicht von Keaton, auf den ersten Blick einfältig. Die Provokationen stecken in den Details. Zum Beispiel in der Formulierung von der »natürlichen Arbeitsscheu«. Jeder weiß, Arbeitsscheu gilt bei uns als selbstverschuldet und deswegen als abwendbar und daher keineswegs als natürlich – ganz im Gegenteil. Mit der kühnen Wendung von der »natürlichen Arbeitsscheu« ermuntert uns Freud, unsere moralischen Auffassungen momentweise zu vergessen und einem von unserer Vernunft verabscheuten Widerstand den Status individueller Wahrheit einzuräumen. Und schaut Keaton nicht aus wie jemand, der sich in diesem Konflikt befindet und sich dabei überfordert fühlt? Den Zwang täglicher Arbeit kann er gerade noch verstehen; daß er dabei auch noch einen inneren Widerwillen überwinden soll, überschreitet jedoch die Kapazität seiner Auffassung. Deswegen die bei Keaton zur steinernen Maske erstarrte Miene fremdartigen Erstaunens. Vermutlich ist das immerzu verdutzte Gesicht der Grund, warum Keaton, anders als Charlie Chaplin, von den Massen nie wirklich angenommen worden ist. Die Wahrheit eines Komikers, über die es nichts zu lachen gibt, können wir nicht einordnen. Keaton besteht auf dem Ausdruck des von seiner Innenwelt überrumpelten Subjekts. Diese Wahrheit ist unabweisbar und gleichzeitig fast unannehmbar – ähnlich wie viele Wahrheiten Freuds, die für die meisten Menschen bis heute exotisch geblieben sind.

38 Auf dieser belgischen Postkarte, die fast hundert Jahre alt ist, sehen wir eine für damalige Verhältnisse neue Katastrophe: Eine Dampflok mit ein paar Anhängern ist aus den Geleisen gesprungen und einen Abhang hinuntergestürzt. Leute aus den umliegenden Dörfern sind herbeigeeilt und bestaunen das neuzeitliche Ereignis. Nein, das tun sie nicht, denn sie wenden dem Geschehen den Rücken zu und blicken geradewegs in die Kamera. Ohne die Katastrophe wären sie möglicherweise nie im Leben fotografiert worden. Nicht nur die verunglückte Eisenbahn, sondern auch der Fotoapparat gehörte zu den zahllosen neuen Dingen, die um die Jahrhundertwende verstärkt in den Alltag der Menschen eindrangen. Sehen die Zuschauer nicht ein wenig aus wie Großwildjäger, die sich stolz um die Beute scharen? Die Herren tragen Krawatten und helle Strohhüte, die Kinder und Frauen weiße Blusen, dunkle Kleider und den Regenschirm. Durch ihre lokale Verankerung bringt die Katastrophe nicht Fremdheit und Angst hervor, sondern, im Gegenteil, Identität und örtlichen Stolz. Das muß der Grund sein, warum auf dem unteren Rand der Postkarte der Name des Unglücks ausdrücklich genannt ist: »Catastrophe de La Buissière«. Das kann nur heißen: Wir in La Buissière sind durch ein Desaster nicht nur attraktiv und unverwechselbar geworden, sondern wir haben auch bewiesen, daß wir uns der neuen Zeit stellen. Geht von dieser Zerstörung deswegen nicht eine beinahe festliche Atmosphäre aus, die uns ein wenig neidisch macht, weil unsere modernen Katastrophen von unfaßlicher Ausdehnung und deswegen nicht mehr abbildbar sind?

Catastrophe de La Buissière.

Edition Laloyaux-Manceaux, Landelies.

Dieses Mädchen kennen wir alle. Es hat vielleicht sogar neben uns gesessen, damals. Wenn es ein wenig kameradschaftlicher gewesen wäre, dann hätten wir selber eine bessere Figur gemacht. Aber das Mädchen war eine Streberin; es hat alles, was es wußte und meistens besser wußte, für sich behalten, obwohl wir doch genau neben dem Mädchen saßen und unsere Pein kein Geheimnis war. Das Mädchen schirmt seinen Vorsprung auch noch mit dem Arm vor uns ab. *Diese* Geste ist das Skandalon! Der Arm ist der Zaun, der die anderen ausschließt. Trägt die Schülerin nicht (womöglich als einzige in der Klasse) schon Ohrringe und Armbanduhr? Und müssen wir nicht annehmen, daß beides, Ohrringe und Armbanduhr, die ersten Erträge des frühen Strebertums sind? Die das Mädchen schamlos mit ins Klassenzimmer bringt?! Der Neid auf soviel Erfolg macht unseren Blick rachsüchtig und phantasielos. Wer Pech und nie einen anderen Einfall hat, erzählt ein halbes Leben lang die Geschichte von der gemeinen Klassenkameradin. Wer Glück hat, findet eines Tages diese Postkarte mit einem Foto, das Willy Ronis 1960 in Frankreich aufgenommen hat. Ein erstes Indiz dafür, daß das Mädchen keine Streberin und unser Neid vielleicht von Anfang an gegenstandslos war, ist der Anblick der Zufriedenheit des Mädchens. So schaut niemand, erst recht kein Kind, das andere ausschließen will. Das Mädchen, behaupte ich, empfindet eine neuartige Freude, die mit dem Klassenzimmer und den anderen Kindern gar nichts zu tun hat. Es ist die Freude darüber, schriftliche Zeichen zuerst auf eine Tafel und später auf Papier setzen zu können, Zeichen, die eine Selbstbezüglichkeit begründen, die geschützt werden muß, weil sie eben erst entdeckt und als beglückend empfunden wird. Ich möchte einen weiteren Schritt mindestens für möglich halten: In der Freude am allgemeinen Schreiben erschließt sich dem Mädchen die Freude am *eigenen* Schreiben – von der, außer ihr, in diesem Klassenzimmer vermutlich niemand etwas ahnt, der Lehrer eingeschlossen.

42 Bleibt das Publikum heute zu Hause? Der leere Zuschauerraum verwandelt sich in einen Wartesaal, in dem nach der Kultur selber gefragt werden darf. Wann ist sie überhaupt in unser Leben getreten? Die alten Griechen, so lesen wir immer wieder, hatten noch ein »glückliches Los« (Goethe); sie lebten »einig mit sich selbst« (Schiller), die »Ich-Welt-Spaltung« (Peter Szondi) war ihnen unbekannt – angeblich. Mir kommen diese Befunde wie sehnsuchtsvolle Erfindungen späterer Menschen vor, die ihr Verlangen nach Harmonie irgendwo in der Geschichte unterbringen müssen. Stellen wir uns dagegen einen attischen Bürger vor, der schon seit Stunden in der Polis debattiert und nun, vielleicht zum erstenmal in seinem Leben, Unlust empfindet. Was tut er? Er hat nicht viel Auswahl. Er schaut ein wenig in die Landschaft. Und zwar möglichst gedankenlos. Denn nur Gedankenlosigkeit gewährt ihm, wonach er sucht: Freiheit von Ennui und Übersättigung. Dieser Akt, das Verlangen nach einer Unterbrechung, könnte das erste Anzeichen von Kultur gewesen sein. Derselbe attische Bürger würde bei seinem nächsten Unlustanfall bemerken, daß ihm ein paar Blicke in die Landschaft nicht mehr genügen. Schon bei der ersten Wiederkehr der Unlust braucht er eine stärkere Dosis. Er verläßt das Forum und setzt sich zu ein paar Freunden, die ihm einen Becher Wein anbieten. Eine solche Erfrischung ist genau das Richtige! Der Bürger hat aus der vormaligen Unterbrechung jetzt eine Pause gemacht – in der wir eine wichtige Erweiterung der Kultur sehen. Wenn diese Geschichte wahr ist (und warum sollte sie nicht wahr sein?), dann wäre die abendländische Kultur aus dem Geist der Langeweile entstanden. Wir könnten dann auch erklären, warum sich, ein paar Jahrhunderte später, von der Kultur die Unterhaltung abgespalten hat: Kultur haben nur Menschen, die für ihre Restitution ein einwandfreies Gewissen benötigen. Die anderen können sich schamlos zerstreuen lassen. Deswegen gibt es heute massenhaft Unterhaltung und kaum noch Kultur. Aber da, sehe ich, kommt doch noch das Publikum. Schluß mit den Spekulationen!

44 Auf dieser frühen Star-Postkarte sehen wir Sacy von Blondel auf dem Gipfel ihrer Anstrengung, unwiderstehlich zu werden. Die Jung-Schauspielerin ist oder war – so steht es winzig klein unten links – ein »Film-Stern«, und zwar im Berlin der zwanziger und dreißiger Jahre. An ihrem Wunsch, groß herauszukommen, war nie zu zweifeln. Sie hat wunderschöne Schultern und einen makellosen Hals, sie schaut mütterlich und eskapistisch zugleich, und sie hat diese zarten blonden Locken, die wir an Frauen allzeit bewundern. Nur: Das alles hat nicht gereicht. Wir wissen nicht warum, aber Sacy's Stern ging nicht auf. Alles, was von ihrem Kinoleben übrigblieb, ist diese halb rührende, halb komische Postkarte – und Sacy's Künstlername. Vermutlich hieß Sacy in Wahrheit nur Käthe Brettschneider, Traudl Müller oder Elfriede Sommerfeld. Aber wer will, als kommender Star, schon so heißen? Unser Film-Stern griff tief in die Kiste der Camouflage und fand dabei den Namen Sacy von Blondel, den ich, Gott sei's geklagt, heute kaum aussprechen kann, ohne lachen zu müssen. Denn die Grausamkeit der seither verstrichenen Zeit hat aus Sacy von Blondel einen Jux-Namen gemacht, der heute ähnlich klingt wie Freddy Frühreif oder Jacques Gelee. Sacy von Blondel hat nicht gewußt (und leider auch nicht geahnt), daß Erlesenheit, insofern sie von der Halbwelt hervorgebracht wird, nie mehr ist als ein Zeitwitz, der sein Objekt früher oder später an die Satire verrät. Hätte Sacy von Blondel doch auf einen Künstlernamen verzichtet! Dann wäre sie allerdings eine vollkommen andere Frau gewesen – und diese Postkarte hätte es nie gegeben. So bleibt als einziger Trost nur, daß Sacy von Blondel das Gelächter, das nicht ihr Scheitern, sondern nur ihr Name auslöst, zum Glück weder hören noch verstehen können muß.

phot. Becker & Maass Berlin W. 9.

SACY VON BLONDEL

FILM-STERNE
108/1

Die hier vorgestellte Schwarzweiß-Postkarte aus Florenz stammt vermutlich aus den fünfziger, vielleicht auch aus den vierziger Jahren. Farbige Postkarten rücken uns die Wirklichkeit oft noch näher, als sie uns ohnehin schon ist. Schwarzweiß-Postkarten dagegen verzichten von vornherein auf diese falsche Nähe. Mehr noch: Sie versetzen unsere Kenntnis von einem kleinen Weltausschnitt in eine eigentümliche Zwiespältigkeit. Denn ist es nicht seltsam? Obwohl wir schon öfter in Florenz waren, haben wir plötzlich das Gefühl, in Wahrheit vielleicht noch nie dort gewesen zu sein. Wir sind eingefangen von der Kraft einer Abbildung, die uns erheblich mehr erlaubt als das einfache Wiedererkennen einiger bekannter Details. Der Zauber der Karte rührt vermutlich daher, weil es einem unbekannten Fotografen gelungen ist, uns nicht nur eine Stadt, sondern zugleich ihr beträchtliches Alter und damit die Wahrheit unserer Entfernung von ihr zu zeigen. Genau die haben wir, als wir selber in Florenz waren, nicht bemerkt. Obwohl die Stadt an jeder Ecke ihr Alter eingesteht, haben wir sie doch, weil wir nicht anders können, wie eine heutige Stadt aufgenommen. Erst später, vielleicht mit Hilfe einer selber alt gewordenen Postkarte, korrigiert sich unsere Erfahrung und wird erstmals authentisch. Wir verdanken die Korrektur der Wahrnehmung einer gewissen Undeutlichkeit des Abbilds. Dabei geht die Entrückung des Gegenstands nicht nur auf die auratische Vertauschung von Nähe und Ferne zurück. Ein wichtiger Teil des Transformations-Effekts verdankt sich dem Schicksal des Materials selber. Fotos verwandeln sich, je älter sie werden, mehr und mehr in Zeichnungen. Erst diese Verschiebung bringt die Distanz zum Abgebildeten hervor, die wir in der Realität nicht empfinden können.

Firenze - Veduta dell'Arno col Ponte S. Trinità

48 Diese Nazi-Postkarte ist in den dreißiger Jahren aus einem sogenannten Reichsarbeitsdienst-Lager an ein deutsches Fräulein geschickt worden. Der bombastisch leere Spruch am unteren Rand der Karte (»Die Treue ist das Mark der Ehre!«) ist, für sich genommen, nicht einmal das Schlimmste. Fürchterlich wird der Spruch erst in Verbindung mit dem Bild des jungen Mannes. Die Kanten des Gesichts korrespondieren mit den Kanten des Spatens, den der Mann wie ein Gewehr präsentiert. Niemand sagt es uns, aber wir spüren sofort: Der Spaten ist das zentrale Selbstdarstellungsmittel des Mannes. Niemals hat politische Brutalität ihren Eigenausdruck zu kaschieren versucht. Bis auf den heutigen Tag erkennen wir an ihrem Habitus jene, die schlagen oder schlagen werden. Deswegen sagt uns der Unbedingtheitsüberschuß in diesem Gesicht, daß Härte für diesen Mann kein Problem sein wird. Erst jetzt wird der Spruch auf der Karte gefährlich; nicht seiner Wahrheit, die es nicht gibt, aber seiner Geltung wird der Mann mit dem Spaten Respekt verschaffen. Der junge Mann selbst weiß noch nicht, was man eines Tages von ihm verlangen und wozu er auch fähig sein wird. In jedem Faschismus steckt die Erlaubnis, inneres Leid mit äußerlich zugefügtem zu verwechseln und sich für dieses mit Gewalt zu entschädigen. Ist deswegen nicht schon klar, der junge Mann wird eines Tages, wenn alles vorüber ist, seine Unschuld beteuern? Er war nur seiner eigenen Dummheit gefolgt (die er, um seine Verantwortung nicht zu bemerken, stets Ahnungslosigkeit nennen wird) und hatte keine Einsicht in den Mechanismus der oben erwähnten Vertauschung. Und ahnen wir deswegen nicht auch, daß von aller Gewalt nur die widerliche Nötigung übrigbleibt, diese von sich selbst begeisterte Dummheit zu verstehen und sie damit auch wieder gesellschaftsfähig zu machen? In der Erkennbarkeit dieser Zumutung liegt der peinigendste und deswegen politischste Moment dieser Postkarte.

Die Treue ist das Mark der Ehre!

Mit ein wenig Kühnheit können wir behaupten, daß die Philosophien und Literaturen aller Länder und Zeiten immer nur ein Thema behandelt haben: die Rätsel des Verschwindens. Zu Recht! Wohin wir auch schauen, nichts hält der Zeit stand, alles und jedes löst sich auf, meistens sogar ohne fremde Einwirkung. Nein, nicht alles. Da und dort, sehr verstreut, bleiben einzelne Badewannen zurück. Sie sind aus Eisen, sie widersetzen sich der allgemeinen Vernichtung. Auf dieser Berliner Postkarte ist die Kraft der Beharrung, die von einer Badewanne ausgehen kann, deutlich zu spüren. Das Haus auf der linken Seite macht einen stark heruntergekommenen Eindruck. Verfällt es gerade? Wird es demnächst abgerissen? Die jetzt im Hinterhof stehende Wanne könnte das letzte sein, was von dem Haus übrigbleibt; ist sie nicht zugleich das einzige Objekt, welches in das neu angestrichene Haus rechts »übernommen« wird? Das wäre typisch für das Wirken von Badewannen: Es finden sich immer Menschen, die sie retten wollen. Dabei hat niemand eine Erklärung dafür, warum Badewannen immer so aussehen, als gehörten sie seit Urzeiten zum Weltinventar. Am rätselhaftesten sind Badewannen, die plötzlich irgendwo in der Natur auftauchen, auf einem freien Feld oder an einem Waldrand zum Beispiel. Wer schafft sie dorthin? Und warum? Ich habe noch nie beobachten können, wie und von wem eine Badewanne in eine Landschaft transportiert worden ist. Sie sind immer schon längere Zeit da, wenn man sie entdeckt. Und sie sehen schön aus, selbst in für sie unpassenden Umgebungen. Meistens hat sich ein wenig Regenwasser in ihnen gesammelt, dazu ein paar Blätter und Gestrüpp. Tiere nehmen das Gerät rasch als Treffpunkt und Tränke an – und haben zum Glück kein Organ, um die Fremdheit des Gegenstands zu empfinden.

52 Damals, auf der südlichsten der Alands-Inseln, die Sonne stand schon tief, saß sie auf einem Gartenstuhl. Ich dachte sofort: Das ist sie. Dabei sah ich sie nur von hinten, aber das war es eben: Ich hatte bis dahin noch nie eine Frau nur von hinten gesehen und dabei sofort gewußt: Nur die. Ich bewunderte die klaren, dabei fraulich wirkenden Linien der Schultern, die strenge Zartheit der Frisur, die Härchen auf den Armen. Die Frische ihres Gesichtsausdrucks zog mich an, die Beweglichkeit ihres Körpers während des Sprechens machte mich auf der Stelle neugierig. Wie gespannt war ich, die Frau aus der Nähe zu sehen, sie sprechen zu hören und ihre Geschichte kennenzulernen!
Natürlich habe ich die Frau nie gesehen, ich war auch nicht auf den Alands-Inseln, und alles andere, was über die Frau hier zu lesen ist, kann sofort vergessen werden. Ich will nur mit Hilfe einer anregenden Postkarte darauf hinweisen, daß unsere Einbildungskraft mit Undeutlichkeit immer mehr anzufangen weiß als mit Deutlichkeit. Die fertige Totalität eines Bildes entmutigt uns, während das Detail, der Ausschnitt, die eigenen Kräfte anstachelt. Genauigkeit können wir zur Kenntnis nehmen, sicher auch bewundern, aber Ungenauigkeit weckt unsere Phantasie. Oder, auf Menschen angewandt: Die »Selbstgegebenheit« (Husserl) der meisten Personen ist so massiv und nötigend, daß sie uns keine Wahl läßt: Wir müssen uns, auch wenn wir nicht wollen, mit ihren besonderen Existenzweisen auseinandersetzen, wir müssen die je einmaligen Daten bestimmter Biographien auf uns wirken lassen. Deswegen haben wir Grund, uns über die anonyme Flüchtigkeit einer Rückenansicht zu freuen: Ihre Unvollständigkeit erlaubt uns die Abschweifung, die erfindende Geschichte.

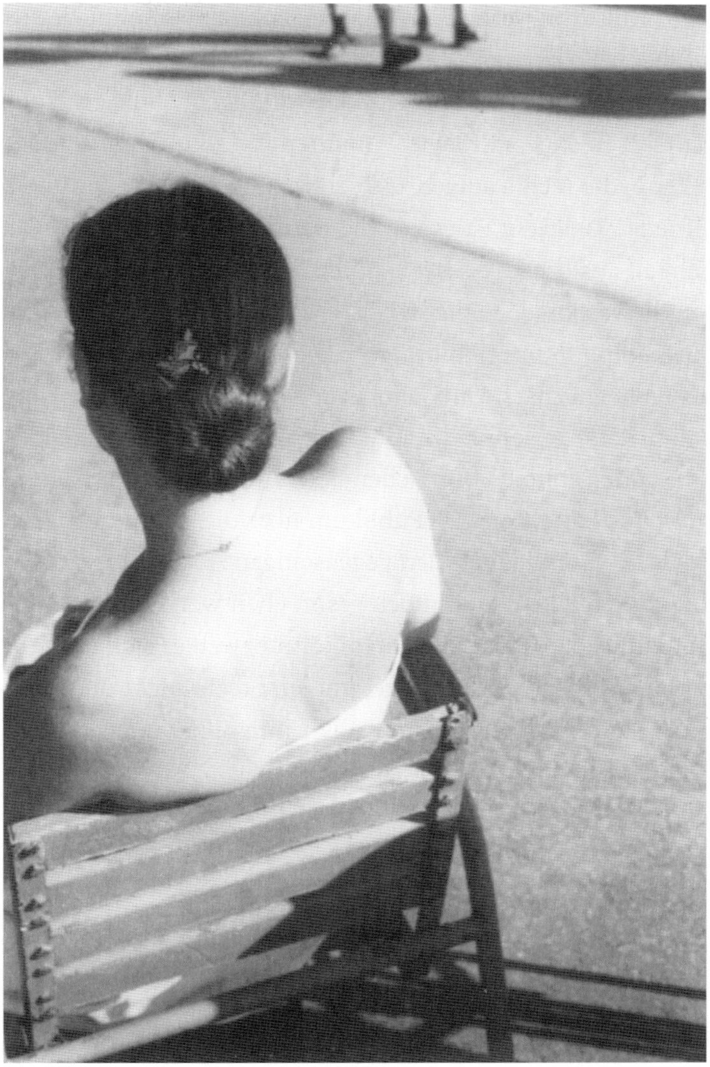

54 Es ist immer leicht, Kultur zu verhöhnen; aber manchmal verhöhnt sie sich auch selber. Zum Beispiel auf dieser Postkarte, die einmal ausdrücklich zur Selbstfeier von Kunst und Kultur hergestellt worden ist. Sie zeigt Richard Wagner (links, mit aufgeschlagenem Buch) und Franz Liszt (rechts am Klavier) inmitten ihres Publikums. Oder, mit den Worten der Postkarte, die rechts aufgedruckt sind: »Richard Wagner und seine Getreuen im Hause Wahnfried«. Vielleicht ist es nur die Formulierung von den »Getreuen«, die heute Peinlichkeit auslöst. Die Getreuen, die dem Künstler durch dick und dünn folgen, entblößen die verborgene Spießigkeit, die die fortgeschrittene Anschmiegung von Künstler und Publikum mit sich bringt. Dabei ist es im Ergebnis unerheblich, von welcher Seite das Bedürfnis nach Umklammerung ausgeht: Entweder vom unersättlichen Narzißmus des Künstlers, der ohne die Glut von stets verfügbarem Beifall nicht mehr auskommt, oder von der kompensatorischen Bedeutung der »edlen Stätte des Meisters« (so heißt es auf der Postkarte), die das Publikum über die eigene ausdruckslose Existenz hinwegtrösten hilft. Die Freude über den gegenseitigen Abstützungspakt ist so groß, daß über andere Möglichkeiten kaum noch gesprochen werden kann; nicht über die Utopie eines Publikums, das Abstand wahren könnte, weil es sich mit seiner nicht vollendeten Individuation ausgesöhnt hätte, und erst recht nicht über die Utopie des Künstlers, der auch dann einer wäre, wenn außer ihm selber niemand es wüßte.

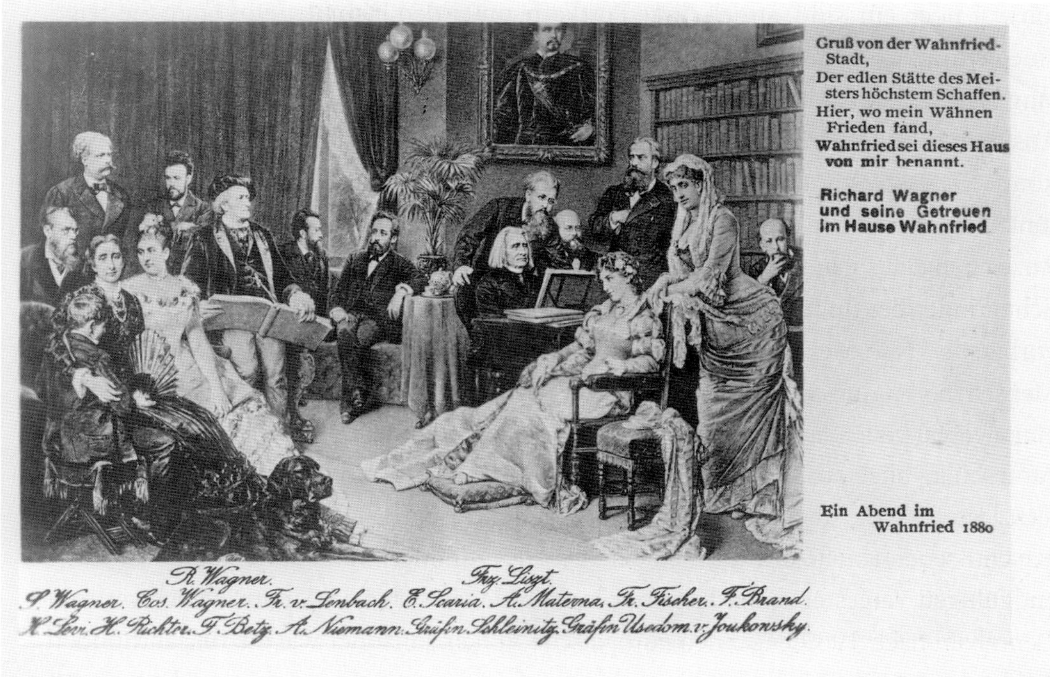
Gruß von der Wahnfried-Stadt,
Der edlen Stätte des Meisters höchstem Schaffen.
Hier, wo mein Wähnen Frieden fand,
Wahnfried sei dieses Haus von mir benannt.
Richard Wagner und seine Getreuen im Hause Wahnfried
Ein Abend im Wahnfried 1880
R. Wagner.
Frz. Liszt.
S. Wagner. Cos. Wagner. Fr. v. Lenbach. E. Scaria. A. Materna. Fr. Fischer. F. Brand.
H. Levi. H. Richter. F. Betz. A. Niemann. Gräfin Schleinitz. Gräfin Usedom. v. Joukowsky.

56 Ich war noch ein Kind, als ich diese Postkarte unter den Familienfotos fand. Sie zeigt eine vermutlich während des Ersten Weltkriegs zerstörte Kirche. Meine ganze Kindheit lang habe ich sie immer mal wieder angeschaut, und sie ist darüber wahrscheinlich der Auslöser (m)eines Grundgefühls geworden, daß jeden Augenblick ein Krieg ausbrechen könne. Faktisch war ein Krieg zwar gerade zu Ende gegangen, aber die Trümmer der fünfziger Jahre waren, zumindest in der kindlichen Rezeption der Bilder, gleichzeitig die Anzeichen eines neuen Krieges. Mit niemals zu begreifender Kaltblütigkeit wurden die Schulkinder der fünfziger und sechziger Jahre auf die kommende atomare Vernichtung vorbereitet. Natürlich wußten die Kinder nicht, daß ein Krieg so lange dauert, wie Menschen von ihm sprechen, und sie wußten erst recht nicht, daß in das Reden über einen vergangenen langsam das Reden über einen kommenden Krieg einwandert. Der Atomschlag blieb aus, statt dessen näherte sich das Weltumbaujahr 1989. Und erst jetzt legte sich die über Jahrzehnte hin regsame Kriegsfurcht. Die Postkarte mit der halb zerschossenen Kirche durfte zu einem Spuk der Kindheit werden, freigegeben zum endgültigen Vergessen. Allerdings nur kurz und, wie sich zeigte, immer noch verfrüht. Denn bald nach 1989 begannen europäische Völker, einander wie im 19. Jahrhundert mit konventionellen Landkriegen zu bekämpfen. So ist die für verschwunden gehaltene Kinderangst wieder modern geworden, und die Postkarte von der zerschossenen Kirche ist, obwohl uralt, plötzlich ein aktuelles Bild, das in jede Nachrichtensendung paßt.

58 Das Verlangen, zu einem von uns gewählten Zeitpunkt verschwinden zu dürfen, zieht sich als Motiv (sagen wir: von Platon bis Jürgen Becker) durch die gesamte abendländische Kultur. Wenn wir die Art des Verschwindens definieren sollen, kommen wir allerdings in Schwierigkeiten. Wünschen wir nur einen angenehmen Tod, der uns vom Elend des leiblichen Niedergangs befreit, oder hoffen wir (am anderen Ende der Wunschskala) auf ein Paradies, in das wir, wer weiß, vielleicht doch eintreten dürfen? Auf dieser frappierenden Postkarte sehen wir gleich zwei Zeichen für die Sehnsucht des Verschwindens: Im Vordergrund ein geöffnetes Fenster und, im Fensterausschnitt, ein sich vom Betrachter entfernendes Schiff. Die Postkarte inszeniert unser Verlangen mit einer Verschränkung zweier intentionsgleicher Motive – und steigert es damit zum Inbild. Gleichzeitig erinnert uns die Karte daran, daß unser Inneres eine Quelle starker, womöglich notwendiger Verlogenheit ist, weil wir nämlich in Wahrheit niemals verschwinden, sondern immer nur ein bißchen wegfahren und dann wieder nach Hause wollen. Und was machen wir mit einem Wunsch, den wir zwar immer wieder empfinden, aber keinesfalls erfüllt haben möchten? Wir schicken ihn in unseren Traum, wo er sich in ein Symbol verwandelt. Bald reden wir von träumenden Schiffen und singenden Wassern und dürfen jetzt, auf dem Rücken des Symbols, unserem Verschwinden-Wollen immer wieder neu nachsinnen und dabei sogar glauben, so angenehm poetisch, wie wir unsere Vorstellung spielen, werde unser Exitus eines Tages tatsächlich ablaufen.

Ein Haus, eineinhalb Bäume, zwei Kinder, ein älterer Mann und ein leerer Platz, auf den die Sonne scheint. Mehr ist auf dieser frühen Postkarte aus Österreich nicht zu sehen. Sie stammt vom Anfang des Jahrhunderts, als Postkarten noch »Korrespondenzkarten« genannt wurden. Wahrscheinlich war Sonntag, als der Fotograf aus dieser ländlichen Szene ein Bild machte. Anders ist die vergleichsweise festliche Kleidung der Kinder und des Mannes kaum zu erklären. Das Mädchen steckt in einem hellen Kleid und hat die Haare ordentlich gekämmt, der Junge trägt eine Art Anzug mit einem weißen Hemd darunter. Auch der Mann neben ihnen, vermutlich ein Bauer oder ein Knecht, kommt nicht aus dem Stall oder vom Feld; sonst wären die Spuren der Arbeit an seiner Kleidung deutlicher. Ich erinnere mich an ähnlich öde Sonntage in den fünfziger Jahren. Die Leute zogen ihren Kindern die besten Sachen an und schickten sie auf die Straße. Stundenlang lehnten kleine Mädchen an Gartenzäunen und bewunderten ihre weißen Söckchen, die sie an Werktagen nicht tragen durften. Trotzdem wäre, in den Fünfzigern, nie jemand auf den Gedanken gekommen, aus einem dieser stillen Bilder eine Postkarte zu machen. Um die Jahrhundertwende hingegen waren drei Menschen auf einem Dorfplatz noch ausreichend für ein ansehnliches Bild. Ein heutiger Fotograf könnte erst recht nicht wagen, eine derartig – sagen wir es mit der gewachsenen Macht unserer Zerstreuungsansprüche –: langweilige Postkarte herzustellen oder anzubieten. Deswegen wirkt die einstmalige Unbesorgtheit des Fotografen heute kühn. Der Fotograf hat etwas schwer Faßbares mit abgebildet, was sich erst heute zeigen kann: eine für niemand hergerichtete Welt.

62 Ich kannte mal ein Schulkind, das sich vor geöffneten Fenstern ängstigte. Damals war ich selber noch klein und kam nicht auf den Gedanken, das Kind nach dem Grund seiner Furcht zu fragen. Und leider erinnere ich mich auch nicht, wie das Kind hieß, wie es aussah und welche Meinungen es sonst hatte. Heute fällt es mir oft ein, wenn ich offene Fenster sehe. Vermutlich war es die schwarze Tiefe des Raums, vor der das Kind ein Bangen empfand. Im Zentrum der hier vorgestellten Postkarte sehen wir das düstere Rechteck, das gewiß etwas furchtsam Beeindruckendes hat, zumindest für ein einbildungsstarkes Auge. Vielleicht war der Grund der Furcht nur das optische Rätsel der von außen wahrgenommenen Schwärze, die ja verschwindet, sobald wir uns im Inneren eines Zimmers befinden. Aber die Postkarte zeigt uns nicht nur diese eine, sondern gleich mehrere Arten, wie sich uns Fenster präsentieren können. Und je öfter ich die Postkarte anschaue, desto mehr bedaure ich, damals nicht mit dem Schulkind über seine Ängstlichkeit gesprochen zu haben. Denn dann hätte ich auch eingestehen können, daß ich mich damals nicht vor offenen, sondern vor vollständig geschlossenen Fenstern (wie wir links unten in der Ecke eines sehen) gefürchtet habe. Leider ist es für einen solchen Austausch für immer zu spät. In Erinnerung bleibt nur das Erstaunen über die wundersame Tätigkeit der Furcht, die uns mit jedem beliebigen Bild einschüchtern kann, ohne uns je – in den meisten Fällen – die Chance zu lassen, wenigstens nachträglich zu rekonstruieren, warum wir aus diesem und jenem harmlosen Anblick ein inneres Schreckbild haben machen müssen.

Im Jahre 1902, als das dieser Postkarte zugrunde liegende Foto entstand, war der damals einunddreißigjährige Marcel Proust als Schriftsteller kaum bekannt. Er hatte nichts außer ein paar Zeitungsartikel und den schmalen Band »Les Plaisirs et les Jours« (1896) veröffentlicht. Aber er wußte, daß er, und zwar in einem extremen Sinn, sein kurzes Leben lang Schriftsteller sein würde, und er wußte außerdem, was diese Bestimmung von ihm verlangte: nämlich die rücksichtslose Hinopferung seines Lebens für das Werk. Deswegen sehen wir auf diesem Bild zweifelsfrei den Schriftsteller Marcel Proust, aber wir sehen außerdem, daß er für uns, die Betrachter, in Wahrheit abwesend ist. Er, Marcel Proust, gehört nur sich selbst respektive seinem Werk. Und er hatte längst begonnen, die Technik seiner Zurückgezogenheit zu instrumentieren, das heißt, er hielt sich die Leute, für die er seine Romane zwar schrieb, von denen er sonst aber nicht viel wissen wollte, mit vielen schönen Briefen vom Leib. Die soziale Anwesenheit des Schriftstellers ist eine gespielte, ein Schein, den wir versuchsweise in sechs Teile zerlegen wollen: 1. Der Autor opfert, indem er schreibt, sein Leben hin. 2. Das Selbstopfer fließt als Thema nicht (oder nur marginal) in das Werk ein. 3. Das Werk wird damit zu einer Entschuldigung des Autors für seine Entfernung von den anderen Menschen. 4. Die Abwesenheit und der Drang, sich für sie entschuldigen zu müssen, nötigt den Autor zur Selbstdarstellung, zur Abbildung. 5. Das sich immerzu entschuldigende Abbild übernimmt die Funktion der Stellvertretung des Autors. 6. Durch seine fortdauernde Wiederkehr wird das Bild mehr und mehr zum Beleg für das Verschwinden des Autors, obwohl 7. gerade durch das Bild der Schein der Anwesenheit simuliert wird.

66 Kaum jemand will wahrhaben, daß durch die rücksichtslose Popularisierung der Kunst, die seit ein paar Jahren auf uns kommt, die Kunst selber verletzt wird. Dabei gibt es für diese Verletzung Zeichen in Hülle und Fülle. Zum Beispiel habe ich im Radio einen Bericht über die letzte Frankfurter Kunstmesse gehört; die Galeristen beklagten sich, so wörtlich, über das ordinäre Publikum, das durch die Hallen streift. Der Versuch, der Kunst die Schroffheit zu nehmen und sie rasch konsumierbar zu machen, bringt offenkundig den Typus des Documenta-Schwadroneurs hervor, der leidenschaftlich über seine Erlebnisse redet, ohne deren Leere zu bemerken. Dabei sei nichts gegen die Massen gesagt, die sich angeblich neuerdings für Kunst interessieren; sondern nur gegen deren allerdings katastrophale Unvorbereitetheit. Niemand sagt ihnen, daß ein Mensch, der sich ernsthaft auf Kunst einläßt, teilhaben muß an der Vereinzelung, durch die das Kunstwerk vorher selber hindurchgegangen ist. Es ist noch nicht allzu lange her, daß das Museum ein adäquater Ort für diese doppelte Vereinzelung (der der Kunst und der ihres Rezipienten) war. Wobei Vereinzelung hier nicht sozial gemeint ist; sie bedeutet nur die Atmosphäre der Empfänglichkeit, ohne die ein empfindender Mensch ein Werk der Kunst für sich nicht ergiebig machen kann. Im Grunde ist (war?) das Museum immer auch eine für den Betrachter hergerichtete Nachbildung jener Konzentration des Künstlers, ohne die ein Kunstwerk nicht entsteht. Mit dieser schönen, in einem Raum eingefangenen Unbehelligtheit scheint es endgültig vorbei zu sein. Die Ruhe des Museums ist ihrerseits museal geworden, und das heißt: in der Wirklichkeit nicht mehr auffindbar. Sie blitzt nur noch auf alten Bildern auf, zum Beispiel auf dieser stillen Postkarte aus dem Louvre.

429 _ MUSÉE DU LOUVRE _ GRANDE GALERIE (Travée D)

68 Wir sehen seltsam verkniffene, überraschte, verwirrte, vielleicht auch ein wenig angegriffene Kindergesichter. Die Erwachsenen links und rechts der Kinder sind ebenfalls eher unfroh, fast bedrückt. Mit zwei Ausnahmen (eine Frau am linken Bildrand und ein Mädchen in der Bildmitte) sehen wir niemanden lachen. Zeigt uns das Bild einen Abschied? Wenn ja, dann könnte die Festlichkeit der Kleidung vielleicht als Trost gemeint sein für die Trennung, die hier bewältigt werden muß. Oder? Die Postkarte selbst schweigt sich aus. Nur über den Zeitpunkt des Bildes können wir eine Vermutung anstellen. Denn an den merkwürdigen Topfhüten der Frauen, die Ähnlichkeit mit Stahlhelmen haben, sehen wir, daß die Szene in den dreißiger, vielleicht auch in den vierziger Jahren fotografiert worden sein muß. Sind die Kinder zusammengekommen, weil sie gleich in einen Waggon verladen und in ein Lager deportiert werden? Und hat ihnen jemand, um sie zu täuschen, gesagt, sie sollten aus diesem Anlaß ihr schönstes Kleid und ihr hellstes Haarband anlegen? Ich denke, diese Phantasie, so stimmig sie vielleicht ist, geht in die Irre. Das Bild zeigt vermutlich nichts weiter als einen sogenannten Weißen Sonntag irgendwo in der Provinz, eine harmlose Festlichkeit. Aber unser Grausamkeitswissen nötigt uns, mit dem Schlimmsten zu rechnen. Erst danach trauen wir uns, auch Harmlosigkeit für möglich zu halten – und wissen doch, durch eben diese Reihenfolge, daß wir der Beschädigung unseres Denkens nicht mehr entkommen.

FOTO-ENGEL
AUSSIG

Auf der Kippe

Ein Album

Wolfram Schütte gewidmet

74 Lange bevor ich zum ersten Mal im Theater war, betrachtete ich Theaterfotos. Sie beeindruckten mich so sehr, daß es mir leichtfiel, sie zu mißbrauchen. Denn obwohl ich wußte, daß das auf den Theaterfotos abgebildete Leben dem wirklichen Leben nicht ähnelt, hielt ich daran fest, die schönen Fälschungen für Originale zu halten. Auf Theaterfotos schauen Menschen durchweg ergriffener und gehaltvoller aus als in ihrem Alltag. Sie sind gepflegter und würdiger, sie achten auf Haltung und Ausdruck. Besonders gefiel mir, daß Frauen, die in die Leere schauen, in der Ferne nicht wirklich eine Leere erblicken, sondern eine unerschöpfliche Bedeutsamkeit, die ich im Leben ebenfalls anzutreffen hoffte. Auch die Männer imponierten mir. Sie blickten begütigend auf die Frauen herab, wenn sie in die Leere schauten, die keine Leere ist. Am wundervollsten war die Täuschung, daß Menschen, wenn sie nur gestenreich miteinander umgingen, nicht einmal mehr sprechen mußten. Eine Weile erwartete ich von den normalen, außerhalb des Theaters lebenden Menschen, daß sie sich verhalten sollten wie ihre Darsteller auf der Bühne. Und ich war verletzt, weil ich immer wieder erleben mußte, daß sie unempfindlich und grob blieben, jedenfalls die meisten. Es dauerte viele Jahre, bis ich endlich den Mut fand, mich von meinen Illusionen zu trennen. Das heißt, eine vollkommene und endgültige Trennung ist, wie ich inzwischen weiß, nicht möglich. Wenn ich heute ins Theater gehe, dann nicht immer, um Theaterstücke zu sehen oder Schauspieler zu bewundern, sondern um meiner einstigen Verwechslung nahe zu sein. Sie funktioniert immer noch, und ich empfinde ein dankbares Gefühl für sie. Ich statte ihr einen kleinen hysterischen Dank ab, weil ich ohne sie nie erfahren hätte, daß es außer dem Wirklichen das Wünschbare gibt.

76 Jemand, vermutlich ein Mann, hat es zu Geld, Frau und Auto gebracht. Jetzt will er seine Errungenschaften vorführen, und zwar gleichzeitig und harmonisch. Schon entstehen Fragen der Darstellung: Soll die Frau in den Vordergrund oder das Auto? Muß die Frau das Auto aufwerten – oder umgekehrt? Und wie kann gezeigt werden, daß Frau *und* Auto, als Ensemble, ein gesteigertes Daseinsgefühl hervorbringen? Der Ausweg liegt auf der Hand: Der Mann fährt mit Frau und Auto in Urlaub. Unterwegs hält er immer wieder an und fotografiert. Die Frau ist ohne Argwohn; nie würde ihr einfallen, daß sie (vielleicht) nur Akzidens eines Gegenstands ist. Im Gegenteil; es begeistert sie, daß der Mann immer neue Bilder von ihr macht. Nach dem Urlaub, als der Mann die fertigen Fotos anschaut, bemerkt er, daß das Fotografieren die Probleme nicht gelöst hat. Jetzt ist er noch unsicherer, was die Leute am meisten beeindrucken soll. Sind nicht vielleicht die schönen Landschaften im Hintergrund viel wichtiger als Frau und Auto? Soll der moderne Mensch nicht vor allem seine Weltläufigkeit zeigen? Auf einmal fühlt der Urlauber, daß sich auf seinen Bildern eine sprachlose Aufholjagd ereignet. Es ist die Regsamkeit eines dauernden Ungenügens, das Spiel des immerzu fliehenden Sinns. Der Mann kann nicht entscheiden, wer oder was das wahre Schauobjekt ist. Nein, komplizierte Gedanken dieser Art denkt der Mann nicht. Er empfindet ein Gemisch undeutlicher Unlustgefühle, die zu sortieren er nicht versteht. Er hat nur schlechte Laune, die er sich freilich auch nicht erklären kann. Schließlich betrachtet er nur seine schönen Urlaubsfotos, gegen die es nichts zu sagen gibt.

Noch vor kurzem war die Freude, die das Reiten auf dem Esel gewährt, ganz unbezweifelbar gewesen. Es genügte, vom Vater oder von der Mutter auf den Rücken des Tiers gehoben zu werden, und schon war das Vergnügen da. Aber diesmal ist etwas dazwischengekommen. Was genau passiert ist oder gerade wieder passiert, weiß niemand, auch das Mädchen nicht. Es hat sich wie immer auf das Tier setzen lassen – aber dann blieb der Spaß aus. Auch wir können das, was geschehen ist, nur von außen erratend beschreiben. Die nicht weiter befragbare Selbstverwandlung eines Erlebnisses, die vermutlich hinter dem Zwischenfall steht, überrumpelt das Mädchen sichtbar und eindrucksvoll. Kinder gehen aufgrund ihres hemmungslosen Vertrauens in das Leben nicht davon aus, daß sich eine von ihnen eroberte Lust mindert. An die Stelle dieser phantastischen Annahme schiebt sich soeben eine Erfahrung, die Anspruch auf Realitätstüchtigkeit erheben darf. Zum Zeichen der Überrumpelung und der Fassungslosigkeit hebt das Mädchen beide Arme ein wenig an. Der Blick ist starr auf den Boden beziehungsweise ins Leere gerichtet. Von dort, aus der Leere, wird irgend etwas kommen, was die Stelle des entschwundenen Erlebnisses neu ausfüllt. Allein der Esel hält die Treue zum früheren Gehalt des Vergnügens aufrecht. Er wartet darauf, daß er losgebunden wird und wegtraben darf. Aber die Reiterin löst sich nur schwer von ihrer Verwirrung. Sie ist mit der neuartigen Aufgabe beschäftigt, das Erlebnis der Verwandlung nicht nur zu verkraften, sondern (vermutlich zum ersten Mal) dessen Vergangenheitsform zu konstruieren: als Erinnerung.

80 Hier, denke ich, sehen wir einen Künstler aus den zwanziger oder dreißiger Jahren. Erst kurz zuvor hat eine Berliner Zeitschrift ein paar seiner extremen Gedichte gedruckt. Oder ist in Wien eine Sonate von ihm uraufgeführt worden? Rings um ihn sind eine Menge Leute, die er nicht beachtet. Sie tragen Badeanzüge, sie spielen Ball, sie liegen auf Handtüchern herum oder sind auf andere Weise konventionell. Nur er bricht kühn die Regeln des Strandlebens und legt sich im Anzug in den Sand. Denn wichtig ist ihm die Manifestation seines Ichs, das der Welt der Normen einen Schlag versetzt. Genau durch diese Prätention, denke ich, kippt das Bild und mit ihm sein Darsteller. Denn die Posen halten nicht lange vor. Das Individuelle verschwindet in der Exaltation, das Unverwechselbare wird Gehabe. Statt dessen meldet sich das Lächerliche und legt sich wie eine Atmosphäre über das Bild. Aber der Künstler nimmt die Kunst ganz ernst und verlangt außerdem von ihr, daß sie seinen Alltag gestaltet. Das tut sie denn auch, vergreift sich aber prompt in den Valeurs. Faktisch hat er längst Sand in den Strümpfen, wahrscheinlich auch in der Unterhose, aber das kann ihn nicht irritieren. Er ist fest mit seinem Sonderleben als Künstler verklammert und will nicht merken, wo sich dieses in die – sogar öffentliche – Pein verbiegt. Am hinterhältigsten ist vielleicht, daß sich nicht leicht sagen läßt, wo genau das Törichte in das Bild eindringt. Vielmehr verteilt es sich als Fluidum und Schimmer über die ganze Erscheinung. So bricht im Augenblick seiner scheinbar gelungenen Verbannung das verhaßte Kleinbürgerliche wieder hervor. Jetzt verstehen wir auch, warum der Künstler die wirklich Badenden nicht auf dem Bild haben wollte; sie hätten sein Abbild womöglich auch für ihn selber lächerlich gemacht.

82 Hier sehen wir ein paar Menschen beim Aufbruch. Sie sind für eine längere Reise gekleidet. Ein Mann und eine Frau tragen Koffer, die gerade in einem Leiterwagen verstaut werden. Offenbar wollen nicht alle Abgebildeten verreisen. Nur die beiden Männer rechts und die Frau ganz links tragen Mäntel und Hüte; die anderen Personen sind nur mit Strickwesten (die Frauen) oder Anzügen und Sakkos (die Männer) bekleidet. Sie wollen die beiden Männer in Mänteln und die Frau ganz links eine Weile begleiten, vielleicht bis zum Bahnhof. Es handelt sich also, wenn wir die Zeichen richtig deuten, um eine Verabschiedung. Merkwürdig ist nur, daß sich die Gruppe so wenig verabschiedungsgemäß verhält. Keiner küßt den anderen, keiner umarmt den Nächsten, keiner trocknet sich Tränen der Rührung, niemand lacht, niemand freut sich. Statt dessen schauen alle sonderbar gebannt auf oder in den Leiterwagen. Jetzt machen wir, die Betrachter, eine wunderliche Erfahrung. Obwohl wir die Leute und ihre Absichten nicht kennen, fixieren auch wir den Leiterwagen, je länger wir das Bild anschauen. Auf vielen Bildern (auch auf gemalten) gibt es einen bestimmten Glutkern, der oft nicht entdeckt, falsch gedeutet oder für belanglos gehalten wird. Der Glutkern ist deswegen wichtig, weil er – ist er erst mal entdeckt – die Bedeutung eines Bildes in eine neue Richtung lenken kann. Der Glutkern dieses Fotos ist vermutlich der Leiterwagen. Die Personen haben sich so aufgestellt, daß sie ihn alle ansehen können. Offenbar hängt sehr viel von diesem Leiterwagen ab. Er ist das einzige Element des Bildes, das nicht zur Auslegung der Reise paßt. Jetzt haben wir's: Was sich hier zuträgt, ist der Anfang einer Flucht. Die Menschen verabschieden sich nicht, sie trennen sich, was ungleich schwieriger ist. Daher der Ernst der Situation. Der Leiterwagen ist der Glutkern des Bildes (und der Situation), weil er die einzige Habe der Fliehenden aufnehmen muß. Es ist auch möglich, daß die Flucht vor den Nachbarn als Ausflug getarnt werden muß. Mit dieser Zusatzvermutung ist die Gelähmtheit der Atmosphäre noch besser verständlich.

84 Natürlich drücken die beiden Kinder nur die Traurigkeit derer aus, die zu ihnen gesagt haben, sie sollen lustig sein. Und während sie überlegten, wie man denn lustig ausschaut, sind sie überraschend ernst geworden. Jetzt sind sie (und wir) bis zur Reglosigkeit beeindruckt von dem, was ihnen nicht gelungen ist. Erstaunlich bleibt, daß die Traurigkeit der Kinder, obwohl im Ausdruck ein wenig übertrieben, dennoch authentisch wirkt. Noch erstaunlicher ist, daß wir über diese Traurigkeit, ist sie erst ein Bild und anschaubar geworden, schon wieder lachen müssen. Soll das heißen: Wir verspotten nachträglich unseren Wunsch, lustig gewesen sein zu wollen? Verhöhnen wir unser Verlangen nach Heiterkeit, weil es uns nicht auf Anhieb gehorchen will? Wahrscheinlich ist das Bild auch deswegen frappierend, weil es einen der seltenen Augenblicke festhält, in denen unser Lachen aufsteigt und zugleich wieder vergeht. Ich vermute, das jederzeit verfügbare Lustigsein gehört so wenig in unser Leben wie (nach Freud, nach Foucault) das »Glück«. Nur können wir uns damit nicht abfinden. Ein noch so absichtsvoll und künstlich inszeniertes Lachen ist uns immer noch näher als die Einsicht, daß es vielleicht immer zuwenig zu lachen gegeben hat. Vermutlich leben wir in einer melancholischen Welt, die sich immerzu verstellen muß, weil sie auf keinen Fall melancholisch erscheinen möchte; diese unverstehbare Weigerung ist der letzte Grund für ihre Unerforschbarkeit. Das Ergebnis der Camouflage sind in diesem Fall zwei Kinder, die aussehen wie Clowns, die mit unserer Erlaubnis vergessen dürfen, warum sie komisch sind.

86 Schon auf den ersten Blick finden wir diese Frau attraktiv. Sie ist jung und dunkelhaarig, ihre Figur ist verheißungsvoll und verlockend. Außerdem wirkt sie zart und nachdenklich. Und, vielleicht das Wichtigste: Trotz der hinreichend angedeuteten Reize ist der Gesamteindruck nicht vulgär und nicht billig, sondern eher innig und diskret. Und doch stimmt irgend etwas nicht. Nehmen wir vielleicht Anstoß an der Einfalt der Frau, weil sie gar zu ungeniert gewisse Vorbilder aus der Film- und Fernsehwelt kopiert? Aber so streng urteilen wir schon lange nicht mehr. Zu sehr sind wir mit der Bedürftigkeit des Subjekts vertraut, zu genau wissen wir, daß wir ohne fremde Anleihen kein Ich werden können, auch wenn unser Verlangen nach Ursprünglichkeit genau dagegen revoltiert. Vermutlich geht die Störung des Bildes darauf zurück, daß die Nachahmung der Frau nicht perfekt genug ist. Es sind die um die Frau herum angeordneten Einzelheiten, von denen das Unbehagen ausgeht – die simple Tapete im Hintergrund, das Sofa, die Sofadecke und die Sofakissen. Vor allem die Kissen! Sie sind es, die den Ausflug der Frau in ein anderes Leben nicht mitmachen, sie verharren durch ihr So-sein-und-so-bleiben-wollen in der heimischen Welt des Wohnzimmers. Man kann auch sagen: Die Kissen sind der lange Arm des Milieus, sie sind der so unerwünschte wie aufdringliche Selbstverrat am geplanten/gewünschten/vorgestellten Ausflug ins Mondäne. Die Kissen pfeifen den Ausbruch schnöde zurück, und zwar buchstäblich hinter dem Rücken der Frau. Sie kann sich im Vordergrund noch so neckisch fortträumen, die Kissen flüstern uns heimlich zu: Sie bleibt eine von uns. Es ist, denke ich, die besondere Art des Eingeknicktseins der Kissen, in der die Intimität des Verrats haust. Das Eingeknicktsein der Kissen ist das Zeichen für die Unüberwindbarkeit der Wohnzimmer. Dabei weiß niemand zu sagen, warum Sofakissen fast immer und fast überall eingeknickt sind. Vermutlich dient der Knick in der Mitte keinem wirklichen, sondern nur einem symbolischen Sinn. Er ist die Vollzugsmeldung für die immer wieder erneuerte Selbsteinfügung des Lebens in den Alltag, eine lächerliche Nebensache, die in Wahrheit zu den vielen unerkannten Hauptsachen gehört.

88 Unter allen Tätern ist der Soldat der diffuseste. Seinen Auftrag, die »scheußliche Arbeit des Mordens« (Isaak Babel), erhält er in der Regel von legitimen Regierungen, was vielen Soldaten die Vorstellung einflößt, es gebe keine persönliche Beziehung zu ihren Taten. Das hier abgebildete Foto ist undeutlich und steht insofern im Dienst des soldatischen Auftrags: Seine Unschärfe erschwert die Erinnerbarkeit des Geschehens. Begünstigt der Schnee ringsum nicht ebenfalls das Vergessen? Wir erkennen gerade noch, daß die Soldaten lachen. Und schon sind wir mißtrauisch. Lachen sie, weil sie kurz zuvor ein Verbrechen begangen haben und gemeinsames Gelächter schon immer ein gutes Mittel gegen das Entsetzen war? Es ist in den letzten Jahren Mode geworden, daß Politiker Soldaten nachträglich entschuldigen. Der deutsche Präsident ersuchte die Polen um Vergebung für alles, »was Ihnen von Deutschen angetan worden ist«. Der südafrikanische Ministerpräsident bat die Farbigen seines Landes um Entschuldigung für das »schwere Unrecht«, das ihnen von weißen Militärs und Polizisten fast ein halbes Jahrhundert lang zugefügt wurde. Und die Bürgermeister von Hiroshima und Nagasaki bedauerten (und entschuldigten) die »Greueltaten« der Armee des kaiserlichen Japan während der japanischen Kolonialherrschaft. Die Liste der Beispiele ließe sich fortsetzen. Wir hören solche Entschuldigungen gerne, weil durch sie die Verbrechen wenigstens nicht das letzte Wort haben. Allerdings lassen sie auch ein Unbehagen zurück. Aus einem einfachen Grund: Die Anonymität der Entschuldigungen ähnelt auf gespenstische Weise der Anonymität der Untaten. So fällt ein Schatten der Verbrechen selbst noch auf ihre Entschuldigungen; freilich kann es trotz dieser Eintrübung kaum genug solcher Entschuldigungen geben.

Sind sie fünfzehn? Sechzehn? Oder schon siebzehn? *Entweder* sie empfinden sich noch als Kinder und haben sich, vielleicht zum ersten Mal, die Masken der Erwachsenen angelegt. Aber es klappt nicht so recht mit dem Vorgriff. Steif wie Schaufensterpuppen sitzen sie am Tisch; ihr Lächeln hat etwas Angelerntes, und der Versuch der Körpernähe (das Händchenhalten) ist eine Spur zu mutwillig, um schon authentisch zu sein. Daß sie aus flachen Gläsern Wein trinken, ist nicht wichtig, vervollständigt aber doch das schiefe Bild. Vermutlich trinken sie nicht einmal, sie tun nur so als ob. *Oder* sind sie wirklich schon erwachsen und schauen, ebenfalls zum ersten Mal, auf ihre Kindheit zurück? Aber auch diese Version ist wackelig. Erinnert uns das bunte Kleid des Mädchens nicht eher an einen Kindergeburtstag als (zum Beispiel) an eine Verlobungsfeier? Und stammt die gar zu schnittige Frisur des jungen Mannes nicht doch von Mutters Hand? Was immer es ist, was wir momentweise annehmen, es wird schon im folgenden Augenblick aufgelöst von einem Als-ob. Der Schein strömt aus mehreren Richtungen herbei, aus der Jugend und aus dem Alter, aus der Anmut und aus dem Kitsch, aus der Rührung und aus der Pein, aus dem Ernst und aus der Lächerlichkeit. Erst nach langem Hinsehen wird uns klar, daß auch wir, die Betrachter, nicht im Bilde sind. Kinder mythisieren die Erwachsenen, Erwachsene mythisieren die Kindheit. Wir schauen auf beide Welten, auf die der Kinder und auf die der Erwachsenen, und zwar immer gleichzeitig. Eben deswegen wissen wir nie, auf welcher Seite des Mythos wir nach verläßlicher Wahrheit suchen sollen. Wüßten wir es, entstünde vor einem Bild wie diesem nicht diese unaussprechliche Verlegenheit.

92 Hier sehen wir ein brennendes Lagerhaus, das auf einer Anhöhe steht. Schnell entwickelt sich Rauch, es zieht ein Wind über den Hügel. Der Wind kommt von rechts und ist offenbar kräftig. Er begünstigt die rasche Ausbreitung des Feuers – und er verwandelt das Bild. Wenn wir es eine Weile anschauen, sehen wir in dem dunklen Rauchkegel rechts plötzlich nicht mehr nur ein brennendes Lagerhaus; sondern die Spitze einer davonstampfenden Lokomotive mit vielen Waggons dahinter, die dann wieder, je mehr unser Blick an den linken Bildrand wandert, in die Gestalt des Lagerhauses übergehen. Natürlich ist es nicht ausgemacht, daß es der Wind ist, der das Bild verwandelt. Das fast magische Foto bildet ab, was unser Blick sonst selber tut: Es verwandelt das Angeschaute. Es zeigt unsere Neigung, Symbole *in* oder *hinter* den Bildern zu sehen. Offenbar ist unser Auge zwanghaft. Es verwandelt, was es sieht; unbewußt, unbemerkt, ohne Auftrag, ohne Sinn, oft auch ohne Ergebnis. Freilich stecken in diesen Vorgängen zahlreiche, vermutlich unbeantwortbare Fragen. Unklar ist schon, ob unser Sehen das Bild verändert oder ob das Bild unser Sehen verwandelt. Oder ob es eine dritte, physiologische Instanz gibt, die die Verwandlung leistet. Leider können wir Einzelrelationen dieser Art, die tief in unserer Physis verankert sind, kognitiv nicht eindeutig voneinander lösen. Wir können nicht erkennen, was unser Auge mit uns macht. Es gibt Autoren, die daraus den Schluß ziehen, daß wir überhaupt nicht authentisch sehen können, sondern jeden einzelnen Blick konstruieren. Danach sind (wären) wir alle Phantasten, die immerzu mit der Erfindung dessen beschäftigt sind, was wir angeblich mit eigenen Augen (!) gesehen haben. In dieser ihrerseits phantastischen Annahme steckt immerhin eine schöne Beschwichtigung, mit der wir leben können: Jedes von uns gesehene Bild zeigt unsere Lust an der Ungenauigkeit, die eine Lust an der Bereicherung ist.

Im Krieg, so lautet ein oft gehörter Spruch, sterben die Menschen wie die Karnickel. Die Metapher drückt nicht nur die Schnelligkeit des Todes aus, sondern auch seine überraschende Leichtigkeit inmitten von Angst und Gefahr. Nur wer sich wenigstens momentweise wie ein Karnickel fühlt, findet auch sein Verschwinden so wenig bemerkenswert wie ein kleines Hoppeltier, das sich immer schon vor Feinden versteckt hatte oder vor ihnen geflohen war. Auf diesem Foto ist die Verähnlichung von Mensch und Tier auf gespenstische Weise fortgeschritten. Als ich es zum ersten Mal sah, dachte ich: Was haben die Leute für ein braves Kind! Die körperlichen Details sind einander angeglättet und scheinen austauschbar geworden. Die Ohren des Dackels passen zur Frisur der Frau, der Bart des Mannes könnte auch die Schnauze des Tieres zieren. Fast möchten wir fragen: Warum trägt der Hund keinen Anzug? Und warum hat der Mann nicht auch ein Fell? Dabei ist die Mimesis ans Tierische das Gegenteil von kurios. Der unsere Schrecken präzis ahnende Franz Kafka hat nicht nur einen Mann beschrieben, der sich in einen Käfer verwandelt, sondern auch eine (merkwürdigerweise kaum bekannte) Frau, der zwischen den Fingern Schwimmhäute wachsen. Die Schwimmhäute verweisen auf unsere Vorstellung, daß Tiere der Brutalität besser entkommen als Menschen. Auch dann, wenn eine Flucht vor dieser Brutalität einmal nicht gelingt, hat ein tierisch anverwandelter Mensch immer noch den Vorteil, daß er Grausamkeit besser hinnehmen kann als ein nur Mensch gebliebener Mensch. Können wir jetzt nicht besser verstehen, warum der Schmerz des Tieres bis heute wenig gilt? Hinter dieser Kälte verbirgt sich, wie so oft, kaum verhohlene Bewunderung. Tatsächlich ist die schier unendliche Duldsamkeit des Tieres ein geheimes Vorbild der Menschen. Wenn es wirklich ernst wird, wollen wir nicht mehr gewesen sein als ein Karnickel – siehe oben.

96 Eben noch hat das Kind geweint; wenig später haben sich die Wellen des Außer-sich-Seins gelegt und das Kind schaut ein bißchen leer und erschöpft in die Welt. Es ist kein Zufall, daß jemand dem Kind gerade jetzt einen Ball in die Hände gedrückt hat. Er soll mithelfen, die Reste der Erschütterung zu zerstreuen. Die Vertreibung des Schmerzes gilt als abgeschlossen, wenn die Tränen endgültig getrocknet sind und der Blick des Mädchens wieder so leuchtet wie gestern und vorgestern. Dieses erstaunliche Foto zeigt die nur kurz sich öffnende Kluft zwischen einem Schmerz und seiner Auflösung. Das Gefühlsleben des Kindes ist für Augenblicke (sozusagen) in ein Stottern geraten. Das Kind hält den Trost zwar schon in Händen, aber es kann seinen Kummer dann doch nicht so schnell vergessen/verdrängen/aufgeben/verwinden. Statt dessen zeigt es, was es tut: es »verschmerzt«. Wir wissen nicht, welche Vorgänge das Wort »verschmerzen« beschreibt; wir wissen nur, was es meint. Wir schauen in das ausdrucksstarke Gesicht des Mädchens und stellen fest, daß das Wort verschmerzen nichts von der Tätigkeit dieser Ausdrucksarbeit erfaßt. Das Wort ist faul. Es ist auf die einfachste Art von dem Substantiv Schmerz abgeleitet und bildet darüber hinaus nichts ab. Wir nehmen ungefähr an, daß ein Schmerz, indem wir ihn verschmerzen, nicht bei uns bleibt, sondern weiterzieht in ein Nirgendwo, wo er entweder vergessen oder bis zur Erzählbarkeit weiterbearbeitet wird und dann als überwunden gilt. Wie sollen wir uns dieses Nirgendwo vorstellen? Ist es eine Art Depot, in dem darüber entschieden wird, wie wir unsere Erlebnisse verarbeiten und was für eine Sorte Mensch wir dabei werden? Oder was sollen wir uns sonst vorstellen? Wir wissen es nicht, und schon haben wir neuen Grund, etwas zu verschmerzen; in diesem Fall (und zum Glück) nur die Leere eines pompösen Worts.

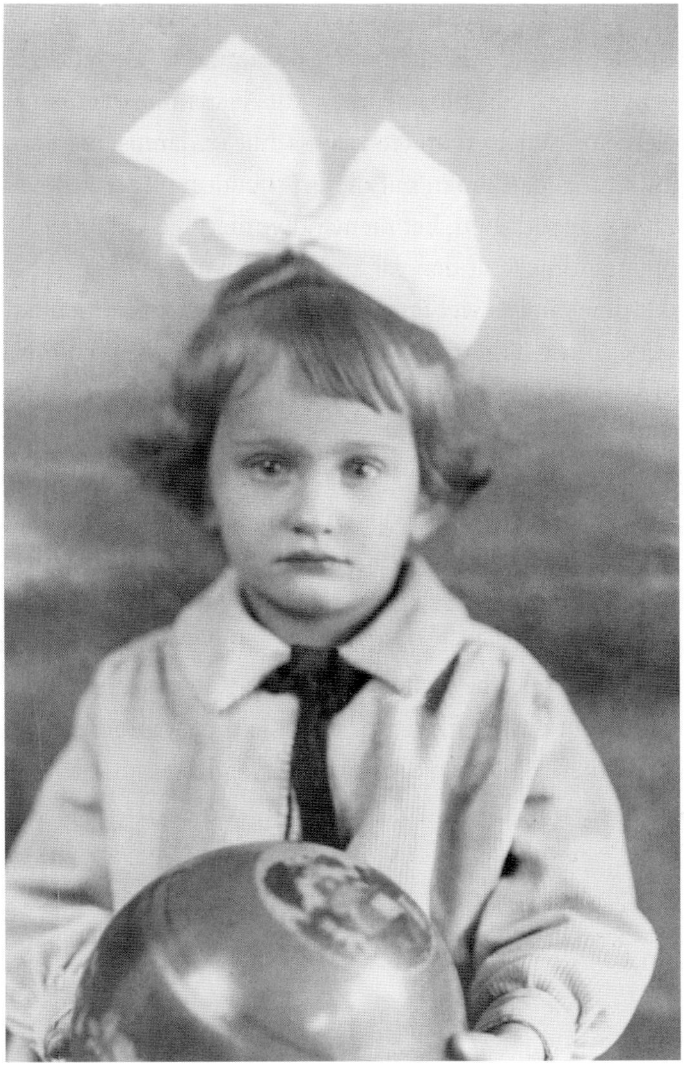

 Wie die Mode hieß, die hier vorgeführt wird, wo sie entstand, wer sie erfunden hat und wie lange sie sich halten konnte, ist nicht mehr bekannt. Die Gesichter der Frauen, die die Mode zeigen, dürfen wir ratlos nennen. Mit Ausnahme der Dame vorne links läßt sich keine zu einem Lächeln hinreißen. Ich schließe daraus, die Frauen haben die (zutreffende) Empfindung, daß ihnen mit dieser Abbildung kein Gefallen getan wird; daß sie heute wie Witzfiguren aussehen, hat niemand vorhersagen können. Oder doch? Zu einem solchen Eingeständnis fehlt den gar zu Modebewußten in der Regel jede Distanz. Mehr noch: Es fehlt ihnen etwas viel Fundamentaleres, das Erbarmen mit sich selbst. Andernfalls wären sie in der Lage, die Übergänge zum Grotesken zu bemerken – und Abstand zu nehmen von dessen Ausdrucksmitteln. So aber, ohne Distanz und ohne Erbarmen, verstärkt die Mode das groteske Moment und verhöhnt ihr Objekt, anstatt es zu schmücken. Werfen wir einen Blick auf die Mode der Gegenwart und fragen wir uns: Sehen die Teenager, die sich heute von simplen Klumpschuhen samt und sonders zu Bauerntrampeln machen lassen, nicht wie bösartige Parodien ihrer selbst aus? Mode ist deswegen problematisch, weil sie etwas Äußerliches, die Bekleidung, zu einem Bestandteil des Körpers selbst umstilisieren will. Mode wäre nur dann erträglich, wenn sie erstens das Immergleiche des menschlichen Körpers anerkennen und wenn sie zweitens die Fremdheit zwischen Körper und Kleidung einräumen würde. Wie jeder weiß, will Mode diese Kluft gerade verschwinden lassen und landet deswegen nicht immer, aber viel zu oft in der nicht bemerkten und deswegen nicht anerkannten Lächerlichkeit.

100 Als Kind kam ich zuweilen – tagsüber, wenn er geschlossen war – am Eingang eines Nachtclubs vorbei. Links und rechts der Tür hingen erleuchtete Schaukästen. Darin waren auf rotem, gewelltem Samt die Fotos der Frauen ausgestellt, die hier ihre Auftritte hatten. Was die Frauen genau machten, war mir weder bekannt noch phantasierbar. Auf den Fotos trugen sie perlenbestickte Phantasiekleider, sie rauchten Zigaretten mit extra langen Zigarettenspitzen, sie lagen halbnackt auf Eisbärfellen oder sie schlugen, wie diese hier, auf eine wild aussehende Buschtrommel. Auch andere Kinder betrachteten die Bilder in den Schaukästen. Von heute aus gesehen scheint es, als seien die Fotos immer nur dafür bestimmt gewesen, tagsüber umherstreifende Kinder zum Staunen zu bringen. Viele der Frauen sahen aus wie exotische Blumen, die nur aus Versehen Menschen geworden waren. Und manche hatten selber die weichen Gesichter von Kindern, die von der Überanstrengung ihres unzureichenden Denkens manchmal ein wenig zu glühen schienen. Sonderbarerweise war ich als Kind nicht darüber verwundert, daß es unwirkliche Frauen gab. Ich war sogar damit einverstanden, daß es Spezialorte – wie Kinos, Zirkusse oder Nachtclubs – gab, in denen sie gegen Eintrittsgeld besichtigt werden durften. Ich ging, nachdem ich die Bilder eine Weile angeschaut hatte, wieder auf den Fußballplatz und vergaß die Frauen und ihre Verheißungen. Erst viel später, als ich bemerkte, wie sehr unwirkliche Frauen geschätzt werden, verstand ich plötzlich, daß es Märchen geben mußte, was mir als Jugendlichem kaum eingeleuchtet hatte.

102 Die Frau auf diesem Foto war einmal meine Frau. Das Kind, das sie trägt, war einmal mein Kind. Das Kind ist seit dreißig Jahren tot, die Frau seit sechs Jahren. Früher habe ich einmal behauptet, daß Fotos im Augenblick ihrer Entstehung unseren Tod fixieren, weil sie uns daran erinnern, daß es uns als Lebende eines Tages nicht mehr geben wird. Dies gilt aber offenbar nur für Abbilder der eigenen Person. Wenn wir Fotos von anderen, uns nahen Menschen betrachten, geschieht das Gegenteil. In den ersten Augenblicken – und nur in ihnen – erfahren wir die Toten als kurzfristig Wiederauferstandene. Man kann auch sagen: Die überraschend wieder angeschauten Toten verwandeln sich im Geist des Betrachters zu Wiederverlebendigten. Natürlich sind die Worte »Wiederauferstandene« und »Wiederverlebendigte« unelegant und nicht wirklich treffend. Aber leider gibt es für die Vorgänge, die sich unanschaulich in unserem Bewußtsein abspielen, überhaupt keine Worte. Denn es handelt sich nur um eine kognitiv herbeigerufene/vollzogene/vollbrachte Wiederauferstehung von Toten, die nur durch die Betrachtung von Bildern zustande kommen und natürlich nicht lange anhalten. Auch das Wort »Totenrückrufung« ist nicht exakt, weil lautliche Aspekte nicht beteiligt sind. Wir könnten die Arbeit des Bewußtseins auch »Totenrückbilderung« nennen, wenn nicht auch dieses Wort so unschön wäre. Nur die Immer-wieder-Anschauung des Fotos wird eines Tages das richtige Wort hervorbringen. Dann wird es so sein wie immer: Wort und Sache werden griffig und schlackenlos zueinander passen, als wären sie schon immer beisammen gewesen.

104 Viel später, wenn die Stimmung, wie es dann heißt, »auf ihren Höhepunkt« zugeht, betritt ein Herr aus dem Publikum die Bühne des Bierzelts. Im sogenannten normalen Leben ist der Herr Sachbearbeiter oder Gebietsdirektor und fällt kaum auf. Aber an diesem Abend hat er etwas vor. Er nimmt den Taktstock in die Hand und hat, trotz des Straßenanzugs, auf Anhieb Ähnlichkeit mit einem Orchesterchef, mindestens aus der Ferne. Der Herr hatte vor fünfundzwanzig Jahren zum letzten Mal Berührung mit einem Musikinstrument. Damals war er elf Jahre alt und spielte eine Weile Mundharmonika. Für die Musiker interessiert sich der Herr kaum. Wir sehen es an seiner Haltung, die dem Orchester abgewandt ist. Der Herr zeigt seine Vorderseite dem Publikum, denn ihm, dem Publikum, möchte er zeigen, was in ihm steckt. Es bahnt sich eine Peinlichkeit an: Ein Amateur möchte Dirigent sein. Jeder im Zelt kann sehen und hören, daß die Bewegungen des Taktstocks mit den Bewegungen der Musik nichts miteinander zu tun haben. Doch dann kommt dem Herrn das Glück zu Hilfe. Einer der Musiker hat ihm einen Trachtenhut mit Feder ausgeliehen. Mit dieser Kopfbedeckung ist der Auftritt sofort als Jux erkennbar. Prompt bleibt die Blamage aus. Der Auftritt dauert zwei oder drei Minuten und wird mit viel Beifall bedacht. Danach geht der Herr zurück an seinen Platz. Seine Bekannten machen ihm Komplimente. In der Einmütigkeit der unbemerkten Rettung prosten sie ihm fröhlich zu.

Hier sehen wir Herrn X. bei einem Versuch, gleich zwei Frauen für sich zu interessieren. Solche Versuche sind sehr verbreitet, gelten aber als unschicklich beziehungsweise unerlaubt. In unseren Gesellschaften regelt, wie jeder weiß, die gesetzliche Einehe das Verhältnis zwischen den Geschlechtern, jedenfalls der Idee nach. Wer sich, wie Herr X. auf unserem Foto, über diese Regelung hinwegsetzt, gilt als undiszipliniert, ehrlos, triebhaft. Herr X. verletzt sogar ein weiteres Tabu, nämlich das der Diskretion unter den Opfern. Im allgemeinen wissen Frauen, die gleichzeitig Geliebte eines Mannes sind, nichts von dieser Gleichzeitigkeit. Nur dieses Nichtwissen erlaubt ihnen, an der Verletzung der Regel schuldlos teilzuhaben. Und Herr X. tut ein Drittes, um unsere Abwehr zu provozieren: Er läßt sich bei seinen Tabubrüchen auch noch fotografieren. Allerdings haben wir dadurch die Möglichkeit, die kümmerliche Figur des Herrn X. näher zu betrachten. Sieht so ein Mann aus, der sich kühn über die Ordnung hinwegsetzt? Unser Zweifel weckt den Verdacht, daß Herr X. gar nicht der tolle Hecht ist, den wir vorschnell in ihm vermutet haben. Sechs Anzüge besitzt er schon, außerdem vier Brillen, fünf Hüte, siebzehn Oberhemden, acht Paar Schuhe, zwei Autos, zwei Wohnungen. Kurz: Er ist ein (gewöhnlicher) Darsteller der (gewöhnlichen) Lebensangst, die sich bei ihm als rastlose Anhäufung von Vorräten niederschlägt. Jetzt haben wir's! Auch die beiden Frauen sind keineswegs Objekte seines Trieblebens, sondern seiner Vorratsgesinnung. Auch die Frauen wittern den Verdacht. Wehren sie sich nicht gegen seine plumpen, unerotischen Annäherungen? Als Doppelgeliebte hätten sie sich, wer weiß, vielleicht gerade noch arrangieren können. Aber als Vorratsfrauen eines Neurotikers – das ist zuviel!

108 Die Personen, die sich hier treffen, kennen sich offenbar nicht. Sonst würden sie sich füreinander interessieren oder wären einander zugewandt. Die Leute sehen sich, denke ich, hier zum ersten Mal. Sie machen einen überraschten und verdutzten Eindruck. Offenbar ist ihnen auch die Örtlichkeit fremd. Sie sind hierherbestellt worden: Nur so können wir uns die ihnen gemeinsame Fremdheit erklären. Es scheint jemand vor ihnen zu stehen und ihnen Mitteilungen zu machen, die sie nicht freundlich stimmen. Dabei werden sie überraschend fotografiert. Drei von ihnen schauen den Fotografen an, die anderen bemerken den Fotografen nicht. Ich will nicht gleich argwöhnen, daß das Leben der Leute gefährdet ist. Dennoch geht von dem Bild die Atmosphäre einer Bedrohung aus. Gerade die Schnappschuß-Fotografie, die nur harmlos sein will, bildet das Unheimliche oft präzise ab. Es sind nicht die betroffenen Gesichter der Menschen, die unsere Phantasie belasten. Sondern es sind ein paar präzise Einzelheiten, von denen die Übergriffe des Symbolischen ausgehen. Besonders die offene Tür macht uns zu schaffen, ebenso das dunkle Loch des Flurs, das mit seiner Schwärze verhindert, daß wir etwas Angenehmes über die Situation denken. Werden die Leute jetzt gleich einzeln in diesen Eingang gerufen und teilt ihnen jemand ein Geschick mit? Dazu paßt auch die vereinsamte Kugellampe über der Tür. Es geht etwas Bürokratisches von ihr aus, das uns von vielen Auftritten des Grauens längst vertraut ist. Nein! Noch immer sind wir nicht bereit, den hier abgebildeten Personen ein schlimmes Schicksal anzudichten, nur weil sie ein wenig desorientiert in einem grauen Innenhof herumstehen. Aber wir können auch nicht eine Erfahrung des Sehens unterdrücken, die wir beim Anschauen von Schreckensbildern schon oft haben machen müssen: Genauso bitter wie der abgebildete Tod sind die Dinge, die ihn immer wieder neu bestätigen; besonders Brillen, Koffer, Fenster, Lampen, Häuser, Flure, Türen, Kleider, Hüte. Die Dinge überleben ihre Eigentümer, sie bleiben zurück und pochen noch lange auf das entgangene Leben. Dieses Pochen in den Dingen sehen wir auch auf diesem Bild, obgleich die hier versammelten Personen noch gar nicht tot sind und vielleicht sogar mit dem Leben davonkommen.

110 Was ist nur mit unseren Straßen los? Immer wieder, besonders in der Literatur, lesen wir Stoßseufzer über ihren beklagenswerten Zustand. James Joyce beanstandet ganz allgemein »ärmliche Straßen«, Isaak Babel und Eugène Ionesco mokieren sich über »traurige Straßen«. Joseph Conrad schrieb über die »grauenhaftesten Straßen«, die man je gesehen hat, und Georg Trakl riskierte sogar die Behauptung: »Alle Straßen münden in schwarze Verwesung.« Neuere Autoren gehen erheblich weiter. Der Russe Sascha Sokolow zum Beispiel entdeckte bei sich zu Hause eine »tausendfüßige unvergängliche und unausrottbare Straße«, und der Amerikaner William H. Gass betrauert die »grauen, verschlackten«, ja die »schneekranken Straßen« in seiner Heimat. Auf diesem Foto entdecken wir eine andere Fatalität: die nasse Straße. Fatal ist sie, weil der Regen die Abbilder der Menschen auf die Straße zurückspiegelt, so daß jeder Passant gezwungen ist, mit seinem Schattenbild umherzugehen, jedenfalls eine Weile. Dagegen wäre im Prinzip nichts einzuwenden, wenn die Abbilder diesen Namen auch verdienten. Aber schauen wir uns das Foto ein bißchen genauer an! Keine der im Regen umhergehenden Personen, denke ich, kann mit ihrem Schattenbild auf dem Asphalt einverstanden sein. Denn alles, was die Nässe von ihnen abspiegelt, sind undeutliche, randlose, verzitterte Gebilde, die nicht entfernt Ähnlichkeit mit ihren Originalen haben. Der Mensch – nur ein beweglicher Fleck auf der Straße? Das können wir nicht tatenlos auf uns sitzen lassen. Und schon haben wir neuen Grund, uns über die Dämonie der Straßen zu verbreiten. Wir nennen sie kurzerhand die »betrügerischen« und »vergaunerten«, die uns »auflösenden« und »verstümmelnden« Straßen. Klingt doch toll, oder?

112 In jedem Foto-Album gibt es Bilder von Frauen, die sich liebreich in der Natur aufhalten. Es sind Mütter, Ehefrauen, Freundinnen, die an Waldrändern stehen, in hohen Wiesen knien oder sich, wie hier, einem Blütenstrauch zuwenden. Dabei ist nicht klar, wie das Verhältnis der Frau zur Natur gedacht ist. Soll die (vielleicht heimliche) Wildheit der Frau, indem sie als Teil einer milden Natur auftritt, mit dieser symbolisch verschmolzen und also entschärft werden? Oder soll umgekehrt die schroffe Natur mit der Frau als Zugabe zart und berechenbar erscheinen? In beiden Fällen gilt der Satz von Hans Blumenberg: »Die Natur ist eine große Dame.« Auf diesem hinterhältigen Foto sehen wir hinter der Frau einen großen Käfig. Natürlich handelt es sich nur um eine Voliere für Vögel; aber prompt erinnert uns dieser (immerhin menschengroße) Käfig daran, daß auch die Natur des Menschen seit der Neuzeit als etwas gilt, was »überwunden« werden muß. Bis heute stutzen wir mit immer neuen Techniken unsere Unberechenbarkeit, damit wir immer besser in unsere eigenen Verhältnisse passen. Vermutlich weiß die Frau auf diesem Foto nichts von diesen »Käfigen der Hörigkeit« (Max Weber). Sie pflückt einen Blumenstrauß, den sie wenig später wahrscheinlich in das Wohnzimmer oder auf den Arbeitstisch ihres Ehemannes stellen wird. Es tröstet uns nicht, daß die Selbstbeobachtungsdauer unseres eigenen Lebens oft nicht hinreicht, damit wir am Ende verläßlich sagen können, ob wir selber in einem Käfig gelebt haben oder nicht. Auf diesen verschlungenen Pfaden wird die Undurchschaubarkeit von Gesellschaft, die wir so oft beklagen, plötzlich zu einem Vorteil: Sie schützt uns vor dem ganz eigentümlichen Käfig des Bescheidwissens, des finalen Urteils über uns selbst.

114 Dann und wann überfällt mich, wenn ich im Zug unterwegs bin, das schmerzliche Gefühl, daß ich die schönen Landschaften, an denen ich gerade vorüberfahre, leider nie aus der Nähe werde sehen können. Nie werde ich den schönen Weg gehen, der sich zuerst an einem Waldrand entlangzieht und dann in ein offenes Feld abbiegt. Und nie werde ich diesen stillen Bergsee kennenlernen. Immer werden es andere sein, die sich an seine Ufer setzen. Ich werde immer wieder dorthin gehen, wo ich schon oft war und wo es auch schön ist, aber niemals so ganz und gar schön wie hier, wo ich mal wieder vorbeifahre. Ich bemühe mich, mir die Landschaftsbilder wenigstens zu merken. Aber es ist hoffnungslos; in weniger als ein paar Minuten habe ich die vermeintlich festgehaltenen Bilder doch wieder vergessen. Oder sie sind durch neue Bilder ersetzt, die mich ebenso fesseln wie die schon wieder verschwundenen. Oft sitzt während dieser schmerzlichen Abschiede eine schöne Frau mit mir im Abteil, die ich schon ebenso oft angeschaut habe wie die Landschaften. Und natürlich denke ich nach einiger Zeit: Auch diese schöne Frau wirst du nicht kennenlernen. Dies denke ich, obwohl ich in Wahrheit nicht gestimmt bin, Bekanntschaften zu machen. Wahrscheinlich hängt es mit dieser rätselhaften Verschlingung von Sehnsucht und Nichtgestimmtheit zusammen, daß ich schon nach kurzer Zeit froh bin, die vielen hundert Landschaften, an denen ich schon vorbeigefahren bin, nicht wirklich aufsuchen zu müssen. Diese Art von Erlebnisunendlichkeit führt zu nichts, sie ist mir fremd. Auf diese Weise hebt sich schon nach wenigen Kilometern Fahrt das Einbildungstheater von selber auf. Jetzt betrachte ich abwechselnd die Landschaften und die Frau, diesmal ohne irgendeine falsche Idee. Im Gegenteil, ich bin froh, daß man dasselbe in ganz verschiedenen Stimmungen tun kann. Ich fahre dahin, und es ist, als sei nie etwas gewesen.

116 Was geht hier vor? Sind wir Zeuge eines Duells, einer Landvermessung, einer Sprengung oder, wer weiß, einer bevorstehenden Erschießung? »Aus jeder Fotografie blickt uns stumm das dunkle Auge des Abgrunds an« (Julio Llamazares). Gegen die Annahme einer Erschießung spricht, daß im Hintergrund gerade eine Eisenbahn vorüberfährt. Erschießungskommandos legen Wert auf Diskretion. Wenn wir genauer hinschauen, dann erkennen wir, daß es sich allerdings um einen Gütertransport handelt, und ein Güterzug hat keine Augen und ist stumm wie ein Grab. Für die Annahme einer Erschießung spricht die Sonderung des Personals in zwei Gruppen. Die Männer links beruhigen das Opfer, sie binden ihm die Augen zu und die Hände auf den Rücken, ein Priester in Zivil reicht ein Glas Wasser und spricht letzte Worte. Die Männer rechts bereiten den oder die Todesschützen vor, was keineswegs leichter ist. Trotz dieser passenden Aufteilung der Einzelheiten haben wir keine Gewißheit, daß es sich um den Beginn einer Erschießung handelt. Wir haben ein anonymes, fremdes, noch dazu undeutliches Bild vor uns, wie sie zu Abertausenden in irgendwelchen Schachteln, Archiven und Briefen aufbewahrt werden. Immer wieder erstaunt es mich, daß selbst von geheimen Ereignissen eines Tages Fotos auftauchen. In der Regel sind sie von Amateuren gemacht, meist unter erschwerten Bedingungen, weil das Fotografieren verboten war. Aber es finden sich dennoch wagemutige Personen, die sich ein Versteck suchen und das niemals zur Veröffentlichung Vorgesehene dennoch festhalten. Der Fotograf unseres Bildes ist vermutlich schon lange tot; aber eines Tages wird sich jemand melden, der sagen kann, was sich auf diesem Bild wirklich ereignet, weil er (oder sie) dabeigewesen ist. Deswegen ist jedes Foto nicht nur ein Abgrund, sondern auch ein (totes) Zeugnis, das einen (lebenden) Zeugen erst in die Lage versetzt, eine versuchte Verheimlichung aufzuklären. Aus diesem Grund ist der namenlose Amateurfotograf eine zentrale Instanz der Geschichte.

Bisher habe ich immer nur Schneemänner gesehen. Und zwar so viele, daß die Vorstellung, es könne auch Schneefrauen geben, gar nicht erst aufkam. Bis ich dieses Foto fand. Die Beweislage ist eindeutig. Wir sehen Brüste, groß und rund. Sie sind genauso weiß, wie es von Frauenbrüsten oft geschrieben steht. Aber weil sie weiß und aus Schnee sind, sind sie auch kalt. Von eiskalten Händchen haben wir schon singen hören, von eiskalten Busen noch nie. Schon die Gedanken, die wir uns über eiskalte Händchen machen mußten, haben uns überfordert. Das Nachdenken über eiskalte Busen lehnen wir rundweg ab, es ist zu schmerzhaft. Schon die erste Überlegung, ob Brüste wirklich kalt sein können oder ob sie uns nur kaltlassen, würde uns ins Zentrum der zu vermeidenden Katastrophe führen. Wenn diese Denkspur bis jetzt richtig ist, sind wir einem Tabu auf den Fersen, das sich so formulieren läßt: Schneefrauen gibt es deswegen nicht, weil sie uns öffentlich an die Wahrheit der eines Tages verschwindenden Erregung erinnern, an die Langeweile mit der einstigen Sensation, an das Verstummen vor dem, was uns einmal zum Sprechen und zum Schwärmen gebracht hat. Aber die Schneefrau, die so tapfer wie ahnungslos das Rätsel unserer Erkaltung ausstellt, trägt ein noch viel tieferes Erstaunen an uns heran. Wie, so dürfen wir fragen, war es dem Tabu möglich, in das winterliche Spiel einiger Kinder einzudringen? Wo haben sie sich das ihnen nicht zugängliche Wissen dennoch beschafft, und wie konnte es, jenseits aller Vermittlung, in den Ausdruck ihres Spiels gelangen?

Natürlich wollten sie alle auf das Gruppenbild. Der Fotograf wußte schon vorher, was dabei herauskommen würde. Aber er mußte dem Willen der Leute gehorchen. Es würden tatsächlich alle auf dem Bild sein, aber man würde nur wenige erkennen können. Genauso ist es gekommen. Ich habe versucht, wenigstens die Köpfe zu zählen, vergeblich. Heute zeigt das Foto nur noch seine gescheiterten Absichten. Aber wie immer ist das Scheitern interessant. Zum Beispiel lassen uns die vielen nicht mehr erkennbaren Gesichter sogleich fragen: Wie lange wird ein Foto überhaupt angeschaut? In der Regel nur von einer, der unmittelbar nachfolgenden Generation. Sie allein verbindet mit den abgebildeten Personen noch gesicherte persönliche Erinnerungen. Danach tritt das Foto in eine Anonymitätsphase ein, die länger dauert als das Leben der Abgebildeten. Ich denke, die Zahl der abgebildeten übersteigt heute bei weitem die Zahl der lebenden Menschen; zumindest in der westlichen, der fotografierenden Welt. Das ist eine seltsame Tatsache, von der wir nicht wissen, was sie bedeutet. Vielleicht bedeutet sie nur, daß es sinnvoller, weil angemessener wäre, ganz ohne Fotos zu leben. Wer sich nicht fotografieren läßt, söhnt sich schon zu Lebzeiten aus mit der Tatsache, daß er eines Tages nicht mehr angeschaut werden wird. Aber wahrscheinlich machen uns die massenweise verbreiteten und nicht mehr angeschauten Bilder auf einen verborgenen Schmerz aufmerksam. Es ist der Schmerz darüber, daß die Abbildbarkeit des Menschen der Gattung selber nicht genützt hat. Nicht eine einzige Schmach ist unterblieben, nur weil ihr Opfer durch ein Bild als verletzbar ausgewiesen war. Vielleicht ist sogar das Gegenteil der Fall. Dann hätten erst die Abbilder des Menschen den Impuls seiner Verletzung hervorgebracht. Liegt darin der Grund, warum Verlassenheit nirgendwo so stark wirkt wie auf nicht mehr angeschauten Bildern?

122 Wie oft habe ich Menschen schon darüber klagen hören, wie unangenehm ihnen die Spaziergänge waren, die sie damals, als sie Kinder waren, mit den Eltern oder Verwandten haben machen müssen. Sonderbares Seufzen! Denn sobald man diese Personen fragt, was denn die Zumutung war, rücken viele von ihnen nicht mit der Sprache heraus. Oder sie erzählen (und verstärken damit die Verwirrung), daß der Spaziergang häufig mit einem Restaurantbesuch oder wenigstens mit einem üppigen Eis endete. Ich nehme an, die störenden Empfindungen gehören (wie so oft) dem Reich des Unaussprechlichen an, das nicht ausgedrückt, sondern nur gezeigt werden kann. Zum Beispiel von diesem Foto, das uns auf Anhieb ein präzises Gefühl einer Kinderpein vermittelt. Es ist die plötzlich fühlbare Monumentalität der Erwachsenen, von der eine Bedrückung oder sogar eine Bedrohung auszugehen scheint. Zumindest für das Kind, in das wir uns sogleich einfühlen. Die Frauen gehen ruhig dahin und ahnen nichts von ihrer einschüchternden Präsenz. Das Kind versucht zwar, sich dem Zugriff der Frauen zu entwinden, aber die Anstrengung scheitert und endet in einer kläglichen Bewegung, die das erstaunliche Foto präzise abbildet. Schon wenige Augenblicke später wird sich das Kind in sein Geschick fügen. Und dreißig Jahre später davon erzählen, welch eine Zumutung diese Spaziergänge damals doch waren! Das Bild *zeigt* die Melange zwischen der Gewalt der Erwachsenen, die keine sein will, und der kindlichen Ergebung, die auch nicht mit sich identisch ist; ein sanftes Grauen, das zu geringfügig ist, um aufgebauscht, aber auch zu stark, um vergessen werden zu können.

124 Dieses Hochzeitspaar ist vermutlich zu Beginn des Jahrhunderts am Tag der Trauung fotografiert worden. An den ehrenwerten Absichten des Paars ist nicht zu zweifeln. Sie wollen zeigen, was alle Brautpaare gerne zeigen: Daß sie es gut miteinander meinen, daß sie ihre ganze Kraft in die gemeinsame Waagschale werfen werden und daß sie sich der Würde des Tages bewußt sind. Aber ist es nicht seltsam? Das Bild reklamiert auch heute noch seinen Ernst, aber wir merken, daß es diesen Ernst nicht mehr aufrechterhalten kann. Wir müssen über die beiden fürsorglichen Personen lächeln, wenn nicht gar lachen. Die seither vergangene Zeit hat nicht an den Absichten des Paares, wohl aber an deren Darstellbarkeit gerüttelt. Die beiden erscheinen jetzt als Komiker der Liebe, als Komiker des Versprechens, als Komiker der Treue, überhaupt als Komiker der guten Absichten. Es ist, als könnten wir plötzlich sehen, daß die Menschen durch ihre eigene Geschichte taumeln müssen und daß es dieses Taumeln ist, das sie irgendwann aus der Form schleudert. Dabei rührt die Komik nicht daher, daß die Frau soviel kleiner ist als der Mann und daß wir von ihrem linken Arm nur die Hand sehen. Sie rührt auch nicht daher, daß jemand dem Mann ein Bärtchen aufgemalt hat und daß seine ganze Erscheinung (sagen wir:) unterhalb des Mantelsaums dramatisch an Eleganz nachläßt. Für eine neue Hose und für ein Paar neuer Schuhe hatte der Mann einfach kein Geld mehr. Der Grund für die Verwandlung ins Komische ist ein anderer. Die Zeitphase, in der ein Bild an der von seinen Urhebern gemeinten Bedeutung festhält, ist vergleichsweise kurz. Schon bald tritt jedes Bild in die nicht mehr beendbare Phase der eigenen Vieldeutigkeit ein. Es gibt nur ungenaue Bilder – so wie es nur ungenaue Wörter gibt.

126 Diesen Herrn nennen wir Onkel Walter. Er macht mit seiner Freundin einen Waldspaziergang und hat dabei die Idee, wenigstens einmal vor der Freundin den starken Mann zu spielen. An Onkel Walters halbhohen Schuhen sehen wir, daß der Spaziergang vermutlich in den zwanziger oder dreißiger Jahren stattfindet, und damals war die Markierung von Stärke eine weitverbreitete männliche Verhaltensweise. Es ist aber auch möglich, daß Onkel Walter eher zu den feinsinnigen Menschen gehört und keineswegs Stärke zeigen will, im Gegenteil. Nach der zweiten Version ist er eher ein Individualist, der es liebt, auf versteckte Weise extraordinär zu sein. Der Individualist als Typus ist auf der Suche nach kleinen, unerhörten Begebenheiten, in denen sich seine Unverwechselbarkeit ausdrücken soll. Für welche Möglichkeit wir uns auch entscheiden, Onkel Walter ist in beiden Fällen eine zwielichtige Figur. Ist es nicht lächerlich (Möglichkeit I), eine ahnungslose Sitzbank sozusagen von hinten zu überfallen und sie dann mit einem aufgestellten Bein à la Hemingway zu erobern? Schließlich ist eine Sitzbank kein erlegtes Großwild irgendwo am Kilimandscharo, sondern ein buchstäblich hölzerner Gegenstand, auf dem man Platz nehmen kann, wenn man müde ist. Für jeden anderen Gebrauch eignet er sich nicht. Nicht weniger schräg ist Onkel Walter (Möglichkeit II), falls er sich als Individualist versteht. Die Begründung dafür ist kurz: Ein Individualist, der nur dann einer ist, wenn die anderen es auch merken, ist einem kläglichen Selbstmißverständnis in die Falle gegangen. Beide Male erscheint Onkel Walter als moderner Zeitgenosse, der eine Persönlichkeit sein möchte, ohne die Unkosten einer solchen bezahlen zu wollen. Er möchte außerordentlich sein, aber bitte zum Sonderpreis.

128 »Wir sind eine ganz normale Familie.« Diesen Spruch hören wir häufig. Dann erhängt sich plötzlich der Vater. Oder die Ehefrau verläßt Mann und Kinder und türmt mit einem kraß überschätzten Künstler. Auch die Familie, die hier abgebildet ist, ist sicher ganz normal. Die Leute haben eine Wohnung mit Balkon, sie sind gut gekleidet und offenbar in heiterer Stimmung. Der Mann rechts umarmt sogar seine Partnerin. Allerdings befindet sich ein Familienmitglied außerhalb des Balkons. Es ist vermutlich der Sohn. Auch er ist gut gekleidet, aber er steht am Abgrund. Sonderbar ist, daß die anderen Familienmitglieder den Standort des Sohnes offenbar billigen und sich auch noch fotografieren lassen. Wissen sie nicht, daß für einen Sturz in die Tiefe ein kleiner Fehltritt schon genügt? Und sind sie ganz sicher, daß der Sohn wirklich keinen Grund für eine Verzweiflungstat hat? Immerhin lacht der Sohn und bestätigt so das Vertrauen, das die anderen in ihn setzen. Das Problem ist, daß sich für die Mitteilung der Psychopathologie des Alltagslebens eine mittlere Darstellungsebene nur selten finden läßt. Entweder wir untertreiben (und vertuschen das Pathologische damit ganz), oder wir übertreiben (und schreiben ihm damit eine übertriebene Präsenz zu). Vermutlich geschehen Katastrophen nur in Familien, in denen Abweichungen nicht ausgedrückt werden dürfen. Deswegen zeigt dieses Foto etwas sehr Seltenes: Wie eine Familie in der eigenen Pathologie lebt, ohne sie zu bemerken – aber sie dennoch, dank dem eigentümlichen Sohn, ausdrückt. Wahrscheinlich ist diese (unbewußte) Errungenschaft auch der Grund für die gute Laune der Familie.

130 Es gibt das Bedürfnis der Menschen, auf Fotos individueller und bedeutsamer auszuschauen als im »Leben«. Die natürliche Adresse für dieses Verlangen ist das Foto-Atelier. Es ist ganz wunderbar, hier das Alltagsgesicht zu verlieren; zwar immer nur momentweise, dafür aber im Handumdrehen und relativ preisgünstig. Männer legen sich drei Finger auf die Wange und schauen ernst wie Präsidenten auf die Probleme der Menschheit. Andere ziehen die Augenbrauen wie kleine Dächer nach vorne, und schon haben sie Ähnlichkeit mit einem Philosophen. Bei wieder anderen genügt das Hervorrecken des Kinns, und gleich sind wir bereit, ihnen eine indianische Herkunft anzudichten. Frauen haben es (auch hier) schwerer. Die meisten – durch Zurückhaltung klug – verzichten freiwillig auf die Anklänge des Mondänen, des Abenteuerlichen oder des bloß Wichtigtuerischen. Deswegen haben sie praktisch nur eine Chance der Verwandlung: die der inszenierten Innerlichkeit. Sie muß »echt«, weiblich und ein wenig schmerzlich wirken. Das Problem ist: Wo soll im Handgemenge des Foto-Ateliers die einzig richtige Ausdrucksmischung so schnell herkommen? Die meisten porträtbedürftigen Personen vergreifen sich in den Bedeutungen. Sie sehen hinterher zwar nicht aus wie sonst, aber doch auf neuartige Weise falsch. Auch die Frau auf diesem Bild ist über ein sanft mißratenes Porträt nicht hinausgekommen. Wirkt ihr Gesicht nicht, als hätte sie kurz zuvor noch geweint? Diese Assoziation kann sie nicht gewollt haben. Vermutlich hat sie das Moment der (sagen wir) seelenvollen Wehrlosigkeit zu stark betont. Und schon ist aus einem außerhalb des Foto-Ateliers gewiß authentischen Gesicht das Abziehbild einer Kino-Innerlichkeit geworden; irgendwo zwischen Maria Schell, Ruth Leuwerik und Romy Schneider muß in diesem Fall das Leitgesicht zu finden sein.

132 Zum Schluß ein schöner Tagtraum. Er spielt sich auf dem Marktplatz einer deutschen Kleinstadt ab. Es ist Sonntagmorgen, die Leute sind noch in der Kirche. Bald soll sich der Platz füllen mit Neugierigen, Unzufriedenen und Sensationslüsternen. Eine neuartige Partei will hier eine Großkundgebung veranstalten. Ganz und gar umwälzend soll sein, was der Parteiredner zu sagen haben wird. Doch es ist nicht ausgemacht, ob die Partei wirklich die Massen anlocken kann. Schon ihr Name ist wenig attraktiv, in Wahrheit fast unaussprechlich. Die Partei nennt sich tatsächlich Nationalsozialistische Deutsche Arbeiterpartei, abgekürzt N. S. D. A. P. Dieser Zungenbrecher geht den Leuten bis jetzt nicht recht von den Lippen, genaugenommen gar nicht. Jeder weiß doch, dem einfach strukturierten Menschen soll alles, was ihn lenken soll, kurz und griffig ins Bewußtsein fließen, sonst funktioniert die Beeinflussung nicht. Auch die Fahne der fast unaussprechlichen Partei ist kein Glücksfall, im Gegenteil. Auf unserem Bild sehen wir sie rechts von einem Dach herunterhängen. Es handelt sich um ein rotes, langgezogenes Rechteck mit einem weißen Rund in der Mitte, in dem sich ein schwarzes Hakenkreuz befindet. Kaum jemand weiß, was mit diesem Symbol gemeint sein soll; schlimmer noch: Es will auch niemand wissen. Fast noch schlimmer als die Unklarheit des Parteisymbols ist die Grundfarbe der Fahne. Dieses schrille und peinigende Rot verschreckt die Menschen, besonders an einem Sonntag, wenn sie aus der Kirche kommen und wohlmeinend gestimmt sind. Ist es ein Wunder, daß der Platz den ganzen Sonntag über leer bleibt? Nur ein einziger Kundgebungsbesucher ist erschienen (links am Rand des Platzes). Der Redner hielt seine Rede nicht und zog wieder ab. Wie peinlich! Von diesem Scheitern wird man sicher noch lange sprechen.

6

Abbildungsnachweis – Aus der Ferne:
S. 9: Sadayoshi Shiotani; S. 11: Milena Jesenská; S. 13: Willy Ronis, Rapho, Paris; S. 15: Édouard Boubat, Rapho, Paris; S. 17: Michel Brunier; S. 19: Chargesheimer, Rheinisches Bildarchiv, Köln, Museum Ludwig, Köln; S. 21: Alexander Rodtschenko; S. 25: Walker Evans, Metropolitan Museum of Art, New York; S. 29: René Burri, Magnum, Paris; S. 33: Robert Doisneau, Rapho, Paris; S. 35: Roger Viollet, Paris; S. 41: Willy Ronis, Rapho, Paris; S. 43: Ecko Kost, München; S. 51: Ute und Bernd Eickemeyer, Berlin; S. 53: André Gelpke; S. 59: Bernhard Plossu;
S. 63: A. Muñoz de Pablos, Paris; S. 65: Otto, Bibliothèque Nationale, Paris.

Abbildungsnachweis – Auf der Kippe:
Die Originale der in diesem Band publizierten Fotos fand der Autor auf Flohmärkten, bei Trödlern und in Mischantiquariaten. Sie sind Übrigbleibsel von Umzügen, Wohnungsauflösungen und Todesfällen. Ihr Absinken in die Anonymität macht aus den Fotos Abfallbilder, für die es weder eine Nachfrage noch eine ästhetische Wertschätzung zu geben scheint. Erst die Einzelbetrachtung beendet das Schicksal der Vergessenheit und gibt den Bildern die Dignität von Dokumenten zurück.

W. G.